Bianca

SC - 07 - 03 - 143

0 8 - B4C - 018

D0556649

Walla Walla
County Libraries

HARLEQUIN

Editado por HARLEQUIN IBÉRICA, S.A.
Núñez de Balboa, 56
28001 Madrid

© 2009 Melanie Milburne. Todos los derechos reservados.
AMANTE PARA VENGARSE, N.º 2056 - 2.2.11
Título original: Castellano's Mistress of Revenge
Publicada originalmente por Mills & Boon®, Ltd., Londres.

Todos los derechos están reservados incluidos los de reproducción,
total o parcial. Esta edición ha sido publicada con permiso de
Harlequin Enterprises II BV.
Todos los personajes de este libro son ficticios. Cualquier parecido
con alguna persona, viva o muerta, es pura coincidencia.
® Harlequin, logotipo Harlequin y Bianca son marcas registradas
por Harlequin Books S.A.
® y ™ son marcas registradas por Harlequin Enterprises Limited y
sus filiales, utilizadas con licencia. Las marcas que lleven ® están
registradas en la Oficina Española de Patentes y Marcas y en otros
países.

I.S.B.N.: 978-84-671-9584-2
Depósito legal: B-1054-2011
Editor responsable: Luis Pugni
Preimpresión y fotomecánica: M.T. Color & Diseño, S.L.
C/ Colquide, 6 portal 2 - 3º H. 28230 Las Rozas (Madrid)
Impresión y encuadernación: LITOGRAFÍA ROSÉS, S.A.
C/ Energía, 11. 08850 Gavá (Barcelona)
Fecha impresion para Argentina: 1.8.11
Distribuidor exclusivo para España: LOGISTA
Distribuidor para México: CODIPLYRSA
Distribuidores para Argentina: interior, BERTRAN, S.A.C. Vélez
Sársfield, 1950. Cap. Fed./ Buenos Aires y Gran Buenos Aires,
VACCARO SÁNCHEZ y Cía, S.A.
Distribuidor para Chile: DISTRIBUIDORA ALFA, S.A.

Capítulo 1

POR SUPUESTO, *madame* Cole, usted se queda con las joyas y demás obsequios personales que el señor Cole le dio durante su matrimonio –dijo el abogado mientras cerraba la gruesa carpeta–. Pero la villa de Montecarlo y el yate, al igual que el negocio del señor Cole, ahora pertenecen al *signor* Marcelo Contini.

Ava estaba en su silla, muy quieta y serena. Llevaba años entrenándose para controlar sus emociones; ni una chispa de miedo se reflejó en sus ojos y sus cuidadas manos, elegantemente apoyadas sobre su regazo, tampoco temblaron ni por un instante. Pero en lo más hondo de su pecho sintió como si una enorme mano se hubiera cerrado sobre su corazón y estuviera aplastándolo con una fuerza brutal.

–Lo comprendo –respondió con frialdad–. Estoy haciendo gestiones para que se saquen mis cosas de la villa lo antes posible.

–El *signor* Contini ha insistido en que no abandone la villa hasta que se reúna con usted allí. Al parecer, desea discutir algunos asuntos que tienen que ver con la transferencia de la propiedad.

En esa ocasión, y mientras miraba a *monsieur* Letourneur, no pudo evitar que los ojos se le abrieran como platos.

—Estoy segura de que los empleados de la mansión serán perfectamente capaces de hacerle una visita guiada —dijo entrelazando las manos para que dejaran de moverse.

—Aun así, insiste en verla en persona esta noche a las ocho en punto. Creo que quiere mudarse de inmediato.

Ava se quedó mirando al abogado mientras su corazón latía de pánico.

—¿Es eso legal? No he tenido tiempo de buscar un alquiler, he tenido tantas cosas que hacer y...

—Es perfectamente legal —dijo *monsieur* Letourneur con cierta impaciencia—. Ya hace meses que la villa es propiedad suya, incluso desde antes que su esposo falleciera. En cualquier caso, se le envió una carta hace semanas informándole de la intención del *signor* Contini de tomar posesión de la propiedad.

Ava se quedó mirando al abogado, incapaz de hablar, incapaz de pensar. ¿Qué iba a hacer? ¿Adónde iba a ir sin previo aviso? Tenía dinero en su cuenta, pero obviamente no lo suficiente para pagar un hotel durante días, o tal vez incluso semanas, mientras buscaba un lugar donde vivir.

Desde el principio Douglas había insistido en que todo estuviera a nombre de él; eso había sido parte del trato que había hecho cuando insistió en que ella se convirtiera en su esposa. Después, tras su muerte, había tenido que hacer frente a muchos gastos entre el funeral y las facturas que él había ido dejando sin pagar durante los últimos momentos de su enfermedad.

—¡Pero yo no he recibido esa carta! —terminó diciendo cuando logró poner sus pensamientos en orden—. ¿Está seguro de que me la enviaron?

El abogado abrió la carpeta que tenía delante y le pasó una copia de una carta escrita a ordenador que confirmaba su peor pesadilla. La carta debía de haberse extraviado, porque ella no la había recibido nunca. Miró las palabras impresas en el papel, incapaz de creer que eso estuviera pasándole a ella.

–Tengo entendido que tuvo una relación con el *signor* Contini, *oui?* –la voz del abogado la sacó de su agitado pensamiento.

–*Oui, monsieur* –dijo ella–. Hace cinco años... –tragó saliva– en Londres.

–Siento que las cosas no hayan salido mejor para usted, *madame*. Los deseos del señor Cole eran que usted quedara en una buena situación económica, pero la crisis global lo afectó de lleno, al igual que a muchos otros inversores y empresarios. Es una suerte que el *signor* Contini accediera a cubrir las deudas pendientes como parte del paquete de propiedades que pasaba a tener en su poder.

De pronto, el estómago de Ava dio un vuelco.

–¿De... deudas? –la palabra salió como un fantasmal susurro–. Pero creía que todo estaba solucionado. Douglas me aseguró que todo estaba atado, que no tendría nada de lo que preocuparme.

Mientras pronunciaba esas palabras se dio cuenta de lo estúpida e inocente que era. Sonó exactamente como la mujer trofeo vacía de coco que la Prensa siempre la había hecho parecer. Sin embargo, ¿no se merecía ese *desaire*? Después de todo, había sido una tonta ingenua por haber creído a Douglas cinco años atrás y descubrir a las horas de haberse casado con él que no podía confiar en su palabra.

Monsieur Letourneur la miró seriamente.

–Tal vez no deseaba angustiarla con lo mal que estaban las cosas al final. Pero deje que le diga algo: sin la generosa oferta del *signor* Contini ahora mismo se encontraría en una situación muy complicada. Él ha accedido a hacerse cargo de todos los pagos futuros.

Ava deslizó la lengua sobre lo que le quedaba de brillo labial y captó un cóctel de sabores dulce y amargo, a fresas y miedo.

–Es bastante generoso por su parte.

–Sí, pero también es uno de los hombres más ricos de Europa –respondió el abogado–. Su empresa de construcción ha crecido enormemente durante los últimos años. Tiene sucursales por todo el mundo, incluso en su país de nacimiento, creo. ¿Tiene intención de marcharse a Australia?

Ava pensó con anhelo en volver a su casa, pero ahora que su hermana pequeña se había casado y vivía en Londres, sentía que estaría demasiado lejos, sobre todo, dadas las circunstancias. Serena aún no se había recuperado después de sufrir un aborto tras un nuevo intento fallido de fecundación in vitro. Hacía poco tiempo que Ava había estado visitándola y le había prometido que volvería para ayudarla en esos terribles momentos. Pero ir a verla ahora era algo que ni se planteaba. Serena captaría inmediatamente que algo iba mal y descubrir el problema en que se encontraba su hermana no la ayudaría nada a recuperarse.

–No. Tengo una amiga en Escocia a la que me gustaría visitar. He pensado que podría intentar encontrar un empleo allí.

Ava pudo ver el cinismo en los ojos del abogado mientras se levantaba... Y suponía que se lo merecía; después de todo, durante los últimos cinco años había sido una mujer mantenida. No había duda de que él pensaba que le resultaría muy difícil encontrar un trabajo que le posibilitara un estatus económico como ése al que estaba acostumbrada.

Ella era bien consciente de la precaria posición en la que se encontraba. No iba a ser fácil, pero necesitaba una fuente regular de ingresos para ayudar a su hermana a tener el bebé que tanto deseaba. Su marido, Richard Holt, ganaba un sueldo razonable como profesor, pero no lo suficiente para costear los gastos de repetidos tratamientos de fecundación.

Miró su reloj mientras salía del edificio. Tenía menos de tres horas antes de ver a Marc Contini por primera vez en cinco años y su estómago revoloteaba con miedo a cada paso que daba.

¿Era miedo o era excitación?

Tal vez era una perversa mezcla de ambos, admitió. Más o menos había estado esperando que contactara con ella. Sabía que él disfrutaría con todo lo que le había pasado y se regocijaría en ello. La noticia de la muerte de Douglas seis semanas atrás había recorrido el mundo. Por qué Marc había esperado tanto para verla probablemente sería parte de su plan para sacarle el máximo provecho posible a la caída pública de Ava.

Agradecía el frescor de la villa después de sufrir el calor del sol de verano.

El ama de llaves, un señora francesa llamada Celeste, salió del salón situado a los pies de la grandiosa escalera y se acercó a ella.

–*Excusez-moi, madame, mais vous avez un visiteur*

–dijo y cambiando a inglés añadió–: El *signor* Marcelo Contini. Dice que estaba esperándolo.

Ava sintió un escalofrío en la nuca.

–*Merci*, Celeste –dijo dejando con una mano temblorosa su bolso sobre la superficie más cercana que encontró–, aunque creía que vendría mucho más tarde.

–Está aquí, ahí dentro –señaló hacia el salón con vistas al jardín, al puerto y al mar.

–Puede retirarse. La veré por la mañana. *Bonsoir*.

Cuando la mujer asintió respetuosamente y se retiró, Ava respiró hondo y contuvo el aliento unos segundos antes de soltarlo.

La puerta del salón estaba cerrada, pero podía sentir a Marc allí, al otro lado. No estaría sentado. Tampoco estaría caminando impaciente de un lado a otro. Estaría de pie.

Esperando.

Esperándola.

Colocando un pie delante del otro fue avanzando hasta la puerta y, al abrirla, entró en la sala.

Lo primero que notó fue su aroma; un perfume cítrico e intenso con un matiz a cuerpo masculino que despertó en ella un involuntario fuego.

Lo siguiente en lo que se fijó fueron sus ojos. Se quedaron clavados en los de ella al instante, profundos y oscuros como el carbón, inescrutables y, aun así, peligrosamente sexys. Rodeada por unas espesas pestañas negras bajo unas cejas igual de oscuras, su mirada era tanto inteligente y astuta como intensa e inconfundiblemente masculina.

Después de posar sus ojos en ella durante lo que pareció una eternidad, Marc fue recorriéndola con la mirada y dejando a su paso un fuego abrasador. Las llamas ardían bajo la piel de Ava, le recorrían las venas y encendían un fuego de deseo en su interior que ella creía que había quedado extinguido hacía mucho tiempo.

Marc lucía un traje gris oscuro que destacaba el ancho de sus hombros y su esbeltez, y su oscuro cabello algo más largo que antes, y con un estilo más desenfadado, le sentaba a la perfección. Su impoluta camisa blanca y su corbata con estampados en color plata realzaban su piel color aceituna y los gemelos que brillaban cerca de sus musculosas muñecas le daban una clase que reflejaba el increíble éxito que ese hombre había conseguido durante los últimos cinco años.

–Bueno, por fin volvemos a vernos –dijo Marc con ese tono ronco, profundo y masculino–. Siento no haber podido ir al funeral ni enviarte una carta de condolencias –sus labios se movieron de un modo que parecían negar la sinceridad de esa frase–, pero dadas las circunstancias no pensé que fueras a agradecer ninguna de las dos cosas.

Ava echó los hombros atrás para contrarrestar el poderoso efecto que él provocaba en ella.

–Supongo que ahora estás aquí sólo para regocijarte en tu premio –le dijo en un intento de arrogancia.

Los oscuros ojos de Marcelo brillaron.

–Eso depende de a qué premio estés refiriéndote, *ma petite*.

Ava sintió su piel arder cuando él volvió a recorrerla con la mirada, y su corazón saltó de excitación como siempre había hecho al oírlo pronunciar palabras francesas con ese sexy acento italiano.

Se preguntó si Marcelo sabría lo mucho que le dolía volver a verlo. No sólo emocionalmente, sino también físicamente. Era como un intenso dolor en sus huesos, que crujían con el recuerdo de él abrazándola, besándola, haciendo que su cuerpo explotara de pasión una y otra vez. Ahora sentía una respuesta parecida de su cuerpo y sólo por el hecho de estar en la misma habitación.

Esperaba que él ya hubiera dejado de odiarla, pero podía ver ese fuego en sus ojos, podía incluso sentirlo en ese metro ochenta y siete de estatura; percibía la tensión en sus esculpidos músculos y en sus manos de largos dedos como si él no confiara en sí mismo, como si tuviera que controlarse para evitar agarrarla y zarandearla por el modo en que lo había traicionado. Si al menos supiera la verdad, pero ¿cómo iba a explicárselo ahora, después de tanto tiempo?

Ava alzó la barbilla con un gesto bravucón que nada tenía que ver con lo que sentía en realidad.

–Dejémonos de acertijos, Marc. Dime para qué has venido.

Él se acercó. Fue sólo un paso, pero sirvió para que a ella se le cortara la respiración y se le formara un nudo en la garganta. Marcelo la miraba fijamente, sus ojos eran dos oscuros y profundos lagos cargados de furia.

–Estoy aquí para tomar posesión de esta villa y para ofrecerte un trabajo para el que ambos sabemos que estás cualificada.

Ella lo miró extrañada, tensa.

–¿Para ha... hacer qué?

–Atender las necesidades de un hombre rico –le respondió con un gélido desdén en la mirada–. Eres bien conocida por ello, ¿no es así?

Ava sintió un escalofrío por la espalda cuando se vio sacudida por ese intenso odio.

–No sabes nada de mi relación con Douglas –dijo intentando controlar el tono de su voz.

–Tu vale de comidas está muerto. Te ha dejado sin nada, ni siquiera con un techo con el que cubrir tu preciosa cabeza rubia.

–Y eso es gracias a que tú se lo quitaste todo –le respondió Ava con brusquedad–. Lo hiciste deliberadamente, ¿verdad? Había cientos, si no miles, de empresas, pero fuiste a por él y se lo quitaste todo para llegar hasta mí.

Él esbozó una sonrisa de victoria matizada con cierta crueldad.

–Te daré un minuto o dos para pensar en ello. Seguro que acabarás viéndolo como el paso más sensato que dar en la situación en la que te encuentras.

–No necesito ni un segundo para pensarlo. No quiero esa basura de trabajo.

–¿Es que tu abogado no te ha explicado cómo son las cosas?

–Preferiría vivir en la calle antes que trabajar para ti. Sé lo que intentas hacer, Marc, pero no funcionará. Sé que piensas que te traicioné deliberadamente, pero no fue así. Yo no sabía nada del negocio de Douglas. Él no me dijo que estaba detrás del mismo contrato que querías tú.

El gesto de la boca de Marcelo denotaba tensión.

–Eres una mentirosa –le dijo con odio–. Hiciste todo lo que estaba en tus manos para hundirme y estuviste a punto de lograrlo. Casi lo perdí todo. Todo, ¿me oyes?

Ava cerró los ojos angustiada; en el aire podía sentir las vibraciones de la furia de Marcelo. No podía defenderse de lo que le había hecho sin darse cuenta al casarse con Douglas Cole, pero si se viera de nuevo en la misma situación, volvería a hacerlo por el bien de Serena.

–Abre los ojos –le gritó Marc.

Cuando Ava abrió los ojos, las lágrimas le borraban la visión.

–No hagas esto, Marc –dijo casi con una súplica–. No se puede cambiar el pasado.

Marcelo la agarró de la barbilla y la atravesó con la mirada.

–Juré que algún día te haría pagar por lo que me hiciste, Ava, y ese día ha llegado. Esta villa es mía y todo lo que hay en ella, incluyéndote a ti.

Ava intentaba soltarse.

–¡No... no!

Los dedos de Marcelo parecían clavarse en su piel.

–Sí y sí, *ma belle*. ¿No quieres oír mis condiciones?

Ava luchaba por controlar sus emociones; se mordió la parte interior del labio hasta llegar a hacerse sangre.

–Adelante –dijo dejando caer los hombros en gesto de derrota.

Él le soltó la barbilla y deslizó un dedo sobre su labio inferior. Ava quedó fascinada por la caricia, dolorosamente delicada después de la dureza con que le había hablado. Sintió cómo se derretía, cómo la tensión desaparecía de sus extremidades y cómo su cuerpo recordaba lo que era estar junto a esa masculina y protectora calidez.

Al cabo de un momento, él pareció reaccionar. Apartó la mano de su boca y sus ojos volvieron a ser frío carbón.

–Serás mi amante y te pagaré una asignación durante el tiempo que estemos juntos. Pero me gustaría dejar algo muy claro desde el principio. A diferencia del modo en que tú manipulaste a Cole para que se casara contigo, yo no ofreceré el mismo acuerdo. No habrá matrimonio entre nosotros. Nunca.

Ava sintió cómo su corazón se contrajo de dolor ante el despecho de su tono. Había hablado como si se tratara de un negocio, aunque entonces ¿qué había cambiado? ¿No había dicho prácticamente lo mismo cinco años atrás? Nada de matrimonio, nada de hijos, nada de compromiso. Y ella había sido tan tonta de aceptarlo... durante un tiempo.

Ava respiró hondo.

–Pareces muy convencido de que vaya a aceptar tu oferta.

–Eso es porque te conozco, Ava –dijo con un brillo sardónico en la mirada–. Necesitas dinero y necesitas mucho.

–Puedo encontrar trabajo. He estado pensando en volver a trabajar como modelo.

–Sólo tendré que decir una palabra y no habrá agencia en toda Europa que te acepte.

Ava deseó tener el valor de decirle que estaba marcándose un farol, pero después de un parón de cinco años en su carrera de modelo ante la insistencia de Douglas, dudaba que su antigua agencia o cualquier otra la contrataran.

–Puedo encontrar otro empleo –dijo con mirada desafiante.

–No la clase de empelo que te dé los suficientes ingresos como para aumentar la cuenta corriente de tu hermana.

–¿Lo sabes? –preguntó Ava con los ojos abiertos de par en par.

Él le dirigió una enigmática mirada.

–Ya sabes lo que dicen: ten a tus amigos cerca, pero a tus enemigos más cerca todavía. Estoy dedicándome a descubrir todo lo que se pueda descubrir sobre ti, Ava.

Ava sintió como si él le hubiera atravesado el corazón con un largo pincho de metal, pero se mantuvo firme y en ningún momento dejó de mirarlo a los ojos.

–Por favor, deja a Serena al margen de esto.

–No hará falta que sepa más que el hecho de que volvemos a estar juntos.

Ava se preguntó cómo le afectaría la noticia a su hermana. Por lealtad a ella, Serena nunca había mencionado el nombre de Marc en su presencia durante los últimos cinco años y también había guardado el secreto de la verdadera relación de Ava con Douglas Cole, tanto que su marido Richard lo desconocía hasta el momento. Le había aterrorizado que la conservadora familia de Richard se hubiera escandalizado por completo ante el hecho de que ella hubiera estado a punto de entrar en prisión y de que la actuación de Ava fuera lo único que la había salvado de vivir esa terrible experiencia.

Pero volver con Marc bajo los términos que él había fijado era algo impensable para ella. ¿Cómo podría soportar la venganza diaria de Marc? ¿Cómo podría ver ese odio día tras día?

Volvió a mirarlo, impactada por lo frío y calculador que se había vuelto. Sí, cierto, estaba claro que en el pasado no había sido ningún angelito, aunque tampoco había sido cruel; sólo arrogante y orgulloso. Pero lo que más le dolía era que hubiera sido su decisión de casarse con Douglas lo que hubiera provocado ese cambio en él porque lo cierto era que Douglas lo había planeado todo y que ella no había tenido conocimiento al respecto.

Inconscientemente, tocó el anillo de amatista que Douglas le había regalado en los últimos meses de su enfermedad mientras decía:

–Necesito tiempo para pensarlo...

–Has tenido seis semanas.

–¿No pensarás en serio que voy a aceptar esta atroz oferta sin pensar en ello detenidamente, verdad?

Él esbozó una sonrisa burlona.

–Pues no te llevó tanto tiempo decidir irte a vivir con otro hombre después de abandonarme a mí. Al mes ya estabas viviendo con Cole y eras su esposa.

–Estoy segura de que seguiste con tu vida igual de rápido. Es más, no haces más que aparecer en la prensa con una aspirante a estrella colgada de cada brazo.

–Admito que no llevo la vida de un monje, lo cual me lleva a otra de las condiciones del acuerdo.

–Yo aún no he accedido.

–Lo harás.

Ava apretó los dientes ante esa soberbia actitud.

–Deja que adivine –dijo mirándolo con resentimiento–. Quieres que te sea fiel mientras tú vas por ahí y haces lo que quieres con quien quieres.

Los oscuros ojos de Marc resplandecieron.

–Estás bien entrenada. Tal vez el tiempo que has pasado con Cole al final te ha enseñado a comportarte.

Ava apretó los dientes hasta que dejó de sentirlos y la insinuación de que era una cazafortunas la hizo bullir de rabia por dentro ¡Era tan injusto! ¿Por qué no podía dejar tranquilo su pasado?

Le había roto el corazón alejarse de él aquella primera vez y había tenido que recurrir a toda su fuerza de voluntad para hacerlo. Ser su pareja había sido una experiencia agridulce ya que él se había negado en redondo a ofrecerle nada más que una aventura a corto plazo. El concepto del matrimonio era como una abominación para él y ahora lo parecía más que antes.

Marc sacó un sobre del bolsillo de su chaqueta y se lo entregó.

–He redactado un documento legal para que lo firmes. Indica cuánto dinero estoy dispuesto a pagarte a cambio de que vivas conmigo. Al firmarlo te comprometes a no pedir nada una vez que nuestra relación haya terminado.

–¿Un contrato prenupcial? –preguntó.

–Pero sin las nupcias. Ni matrimonio, ni hijos.

Ava sintió sus entrañas retorcerse de dolor. Ver todo por lo que estaba pasando su hermana al no poder quedarse embarazada le había hecho darse cuenta de lo mucho que ella anhelaba ser madre, y oír a Marc decir con ese tono tan implacable que no quería hijos le atravesó el corazón. Tenía veintisiete años, y aún era joven, pero con los problemas de fertilidad de su hermana no podía evitar pensar que ella también pudiera tener problemas para concebir de manera natural.

–Puedo asegurarte que ni por un momento pensaría en tener un hijo bajo un acuerdo como éste –dijo, dándose la vuelta y con el sobre en la mano.

Lo oyó moverse detrás de ella y se quedó paralizada. Rezó para que no la tocara porque entonces podría sucumbir y rendirse a él. La piel de sus brazos desnudos se preparó para recibir sus cálidas manos. ¿Cuántas veces la había abrazado por detrás? Sus manos se moverían lentamente desde sus caderas hasta sus pechos, cubriéndolos mientras su boca se posaba sobre la sensible piel de su cuello hasta que ella se girara y se ofreciera a él.

En su mente explotaron imágenes de ambos juntos. La pasión que él había encendido era algo que Ava nunca había experimentado con otro hombre, a pesar de que no era virgen cuando lo conoció.

Cuando sus manos se posaron sobre sus caderas, ella se estremeció.

–¿Te da asco que te toque o es que todavía deseas que lo haga? –le preguntó él susurrándole al oído.

«¡Ojalá lo supiera!», pensó ella mientras su corazón le golpeaba el pecho como un péndulo gigante dentro de un reloj demasiado pequeño.

–Te he dicho que... que quiero pensarlo –dijo intentando que no le temblara la voz.

Él la giró y la miró a los ojos.

–No tienes tiempo para pensar, *cara*. Las deudas te llegan hasta las orejas, esas orejas adornadas con diamantes –le acarició el lóbulo–. ¿Te los compró él?

–Sí.

–Quítatelos.

–¿Qué?

–Quítatelos y quítate todo lo demás que te dio. Ahora.

Ava apretó los labios para contener el pánico. ¿Era ése su Marc? ¿El hombre del que se había enamorado perdidamente? Ahora era como un extraño, un aterrador extraño que no sólo pretendía vengarse, sino también humillarla por completo.

Pero eso no se lo permitiría.

No lo haría.

Apretó los puños y sostuvo la mirada glacial de Marc con una mirada llena de vida.

–No. No. En absoluto.

–Te daré un minuto. Ava, de lo contrario el trato quedará cancelado. No olvides las numerosas deudas que ha dejado tu marido. Por lo menos cientos de miles de dólares –fijó el cronómetro de su reloj sin dejar de mirarla–: Tu minuto empieza ahora.

–No hagas esto, Marc... –le dijo mirándolo con determinación.

–Si tú no lo haces, entonces yo lo haré por ti –le advirtió.

Ava le creía capaz de hacerlo. Comenzaron a temblarle las manos mientras intentaba quitarse los pendientes, pero sus dedos no parecían acertar a hacerlo y se vio al borde de las lágrimas. Cuando por fin lo logró, lo hizo mirándolo con tanto odio que pudo sentir el amargo sabor de ese sentimiento en su boca. Dejó los pendientes sobre la mesa de café que tenía a su derecha.

–Ahora lo demás –dijo él con los brazos cruzados y una postura de lo más autoritaria.

Sin dejar de mirarlo, ella se quitó sus sortijas y las dejó al lado de los pendientes.

–Toma. ¿Ya estás contento?

–Sigue.

A Ava se le cayó el alma a los pies. ¿Es que quería hacerla desmoronarse y suplicarle que parara?

Pero no lo haría. No se desmoronaría, no lloraría, no suplicaría.

Levantó la barbilla y lo miró a los ojos. Un gris azulado y un marrón casi negro libraron una batalla durante unos instantes.

–Está bien –dijo ella con gesto de indiferencia antes de quitarse el reloj y colocarlo junto al resto de las joyas.

Se puso recta y, lanzándole una desafiante mirada, se quitó los zapatos y alargó la mano hacia la cremallera trasera de su falda. Se recordó que había estado desnuda delante de cientos de personas cuando había trabajado como modelo y que eso no sería diferente; además, él ya lo había visto todo. Su cuerpo no era ningún secreto para Marc, que conocía cada curva, cada contorno, cada lugar secreto.

La tensión era palpable en el aire.

Ava bajó la cremallera y el sonido metálico fue como un trueno en medio de aquel silencio. La tela cayó al suelo y ella pasó a quitarse la parte de arriba.

Los ojos de Marc la siguieron; sintió el calor de esa mirada rozando su piel cuando el top cayó al suelo, junto con la falda. Se quedó de pie delante de él, con la barbilla bien alta y la cadera en una pose muy de modelo.

–Esto lo he comprado yo –le dijo con una mirada desafiante.

–Demuéstralo.

Ava apretó los dientes luchando por mantener el control. Él quería que se viniera abajo, eso no podía olvidarlo. Quería hacerle perder su orgullo.

–Ya no tengo el recibo, así que me temo que tendrás que conformarte con mi palabra.

–¿Tu palabra? ¿Desde cuándo debería aceptar la palabra de una cazafortunas como si estuviera escrita en el Evangelio?

–Yo no soy una cazafortunas –dijo en voz baja, pero con una férrea dignidad.

Sonó el cronómetro, informándole de que el minuto había llegado a su fin.

–¿Y bien? –le dijo Marc.

Ella nunca se había sentido tan desnuda y expuesta y a pesar de que llevaba encima más de lo que la mayoría de la gente se ponía para ir a las playas de la Riviera Francesa que ella podía ver desde las ventanas de la villa.

–¿Cuánto vas a pagarme? –le preguntó aun sabiendo que ésa era exactamente la clase de pregunta que haría una cazafortunas. Pero no le importaba; Serena era mucho más importante que su orgullo. Lo que su hermana acababa de sufrir era mucho peor que nada que Marc Contini pudiera hacerle.

Él pronunció una cifra que hizo que Ava enarcara las cejas.

–¿Ta... tanto?

Ava sintió sus mejillas encenderse. Lo recordaba todo: cada beso, cada caricia diaria y cada impresionante orgasmo que la había dejado estremeciéndose de placer en sus brazos una y otra vez.

–¿Es que quieres alguna especie de medalla por ser capaz de hacer un acto que los humanos, e incluso la mayoría de los animales, llevan haciendo siglos? –le preguntó ella.

De pronto él la agarró por una muñeca y la llevó hacia él, pecho contra pecho.

–No me provoques, Ava. Estoy a esto –le dijo colocando el dedo índice y el pulgar a escasos centímetros de distancia– de salir de aquí y dejarte sola para enfrentarte con los acreedores de tu papaíto.

Ava no pudo evitar pensar en Serena, en su hermana destrozada sujetando la ecografía del bebé que había perdido.

–De acuerdo. Lo haré.

–Mañana enviaré un comunicado a la prensa. Empezaremos a vivir juntos desde ahora mismo.

–¿Tan... tan pronto?

Él posó la mirada en su boca antes de responder:

–He esperado cinco años para tenerte donde quiero.

–¿Y dónde es eso? ¿En la palma de tu mano, suplicando misericordia?

Él deslizó un dedo sobre las curvas de sus pechos antes de colarse en su escote.

–Creo que sabes exactamente dónde te quiero –le respondió con un tono áspero, intenso, sensual y peligroso.

Ava sintió su cuerpo temblar al imaginarse a Marc adentrándose en ella, reclamándola.

No enamorado. No arrastrado por una atracción mutua.

Sino movido por la lujuria, por una revancha cargada de odio...

Capítulo 2

A PESAR del calor que hacía en la habitación, a Ava se le puso la carne de gallina. Le dolía la cabeza por la tensión y su mente intentaba aclararse y centrarse mientras la tierra parecía estar moviéndose bajo sus pies.

–¿Tienes frío? –le preguntó Marc.

–¿A ti qué te importa?

–¿Has cenado?

–No, y si crees que voy a cenar contigo vestida así, estás muy equivocado.

Él sonrió mientras la miraba de arriba abajo.

–Por muy fantástico que suene eso, no, no te llevaré a un lugar público así. Y durante esta noche tu cuerpo es sólo para mis ojos.

A Ava le resultó difícil controlar la rabia que estaba formándose dentro de ella como la actividad sísmica que precede a un gigantesco terremoto.

–Sabes que hay trabajadoras de la calle que te saldrían más baratas que yo.

–Sí, pero te quiero a ti –le contestó él con un diabólico brillo en la mirada–. Tenemos asuntos pendientes, ¿verdad?

Ava lo miró.

–Cualquier asunto que tuviéramos terminó hace

cinco años. Pensé que eso lo había dejado perfectamente claro.

–Oh, sí, yéndote del apartamento que te había preparado sin ni siquiera decírmelo a la cara. Llegué a casa y me lo encontré vacío, sólo había una nota.

Ava sintió una pizca de culpabilidad por no haberse reunido con él y decírselo a la cara, pero sabía que, si lo hubiera hecho, Marc la habría convencido para que se quedara con él. Dejar una nota le había parecido más seguro porque gracias a ella había tenido más control de la situación, el mismo control que había perdido en el momento en que lo conoció y se enamoró de él. Había sido muy débil y, aunque en aquel momento se lo había achacado a su juventud, volver a verlo la asustó ante la posibilidad de que eso pudiera volver a pasar.

Ava evitó la mirada acusatoria de Marc.

–Lo siento –le dijo, aunque su tono no resultó muy convincente.

Marc se dio la vuelta; prefería no ver a Ava con su labio inferior temblando, su rostro con forma de corazón y esos ojos azules grisáceos que parecían lagos de brillante líquido.

Abría y cerraba los puños mientras evitaba golpear las paredes y descargar así su frustración por el hecho de bajar la guardia ante Ava. Durante años juró que no haría lo que había hecho su padre: quedar totalmente cautivado por una mujer en la que no podía confiar.

Su madre se había acostado con otros hombres mientras Marc era muy pequeño hasta que finalmente abandonó la casa familiar cuando él tenía siete años. Aún podía recordar la última vez que la vio: subía a bordo del deportivo último modelo de su último jo-

vencito rico y se despedía de él mientras partía para
encontrar su muerte tres horas después en la Costa de
Amalfi. Él se había pasado la siguiente década de su
vida intentando reparar la concha resquebrajada de
su padre hasta que la muerte... ayudada por grandes
cantidades de alcohol... fue finalmente a reclamarlo.

Marc llevaba cinco años esperando a vengar su orgullo herido, a vengarse de Ava McGuire. Paso a paso
había reconstruido su imperio y había disfrutado al
obligar a Douglas Cole a ponerse de rodillas... con algo
de ayuda de la volatilidad del mercado de acciones.

De todas las personas con las que podía haberse casado, Ava no podría haber elegido a alguien mejor para
asegurarse que Marc la odiara de por vida. Él detestaba
pensar en el hecho de que su archienemigo estuviera
haciéndole el amor a la que había sido su amante. Su
mente se retorcía ante la imagen de ese cuerpo hinchado moviéndose sobre las esbeltas curvas de Ava.

Pero ella era una cazafortunas que siempre se ven-
dería al mejor postor y acababa de demostrarlo acce-
diendo a cumplir sus condiciones. Lo había provocado
con su bello cuerpo, pero él no iba a aceptar lo que le
ofrecía hasta que estuviera preparado. La deseaba, era
como sentir una fiebre virulenta en su sangre, pero no
pensaba ceder hasta que ella le suplicara que le hiciera
el amor. Aunque cuando eso sucediera, él no le haría el
amor: sería sexo, nada más que pura necesidad física
con la que disfrutaría hasta que se cansara de Ava. No
sería ella la que lo abandonara, tal y como su madre
había hecho con su padre. En esa ocasión Marc daría
por terminada la relación una vez quedara satisfecho.

—Quiero que de este lugar desaparezca todo lo que
pertenecía a Cole. Tengo una furgoneta de mudanzas

esperando fuera para llevárselo todo, de modo que yo pueda meter mis cosas.

–No quedan muchas cosas de Douglas. Después del funeral lo he estado catalogando todo y se lo he enviado a su ex mujer y a sus hijos. Los muebles venían con la villa cuando la compró.

–¿Has conocido a su ex mujer y a su familia? –preguntó Marc algo sorprendido.

–Sí, en el funeral. Vinieron desde Perth, Australia. La señora... –vaciló una fracción de segundo antes de continuar– Renata Cole era muy agradable. Adam y Lucy, sus hijos mayores, también era muy simpáticos.

–Y eso que su padre se había liado con una fulana.

–¿Esto va a ser parte del trato? ¿Que tú me insultes a la primera oportunidad que se te presente?

Él ignoró su comentario para decir:

–Ya no usarás el apellido Cole. Eso aparece reflejado en el documento legal que te he dado. Tienes que volver a tu apellido de soltera.

Ella abrió la boca para protestar, pero él la interrumpió.

–Ve a vestirte. He hecho una reserva para cenar en un restaurante.

–¿Tan seguro estabas de que accedería a este ridículo plan?

–Por supuesto, *ma belle* –le respondió con una burlona sonrisa–. Después de todo, el dinero es lo que más deseas, ¿no es así?

Los ojos de Ava se oscurecieron de furia.

–¿No marca una diferencia saber que no lo quiero para mí?

Él se encogió de hombros con un gesto que dejaba claro que no le importaba lo más mínimo.

–A mí no me importa para qué o para quién lo quieras. Comprendo lo que son los lazos familiares a pesar de que yo no tengo hermanos, y me alegra pagarte a cambio de que me entretengas, pero sólo hasta que yo quiera que esto acabe.

La mirada que Ava le dirigió podría haber cortado el acero.

–Querrás decir hasta que hayas hundido mi orgullo en el polvo.

–Te he dicho que vayas a vestirte. Te aconsejo que lo hagas ahora mismo porque, de lo contrario, puede que cambie de opinión y que te lleve vestida como estás.

Ella se giró sacudiendo su melena rubia a la altura de los hombros y subió las escaleras mientras que con el movimiento de sus interminables piernas y el contoneo de sus nalgas hacía que a Marc se le acumulara la sangre en la entrepierna.

Él se metió las manos en los bolsillos para evitar agarrarla como tantas veces había hecho en el pasado. Había tenido amantes después de ella, pero ninguna había hecho que su sangre ardiera como lo había hecho Ava McGuire. Sólo tenía que mirarlo con esos ojos azules grisáceos y él se excitaba. Respiró hondo, luchó contra ese aluvión de recuerdos, pero era imposible contener unas imágenes tan poderosamente sensuales. Durante cinco años lo habían torturado, lo habían hecho sufrir por el deseo de volver a sentirla, de tenerla en sus brazos, de llenarla.

Se pasó una mano por el pelo mientras caminaba de un lado a otro del salón. En esa ocasión lograría de una vez por todas hundirla. Costara lo que costara, lo haría.

Tenía que hacerlo para poder seguir con su vida.

Era su última oportunidad y aprovecharía al máximo cada minuto.

Ava se enfundó un ajustado vestido negro de cóctel de sus días como modelo y se subió a unos tacones de aguja antes de agarrar un pequeño bolso de noche.

Vio su reflejo en el espejo y se estremeció al ver el estado de su pelo. Soltó el bolso y se pasó un cepillo haciendo que su cabello cayera sobre sus hombros formando unas sencillas ondas. A parte de un toque de maquillaje mineral y brillo de labios, no se hizo nada en el resto de la cara. No importaba lo que se hiciera; nunca estaría lo suficientemente bien para Marc Contini, pensó con tristeza. Él disfrutaba con la compañía de mujeres bellas de todo el mundo, mujeres que siempre estaban dispuestas a colgarse de su brazo o a colarse entre sus sábanas. Se le revolvió el estómago al pensar en cuántas habrían pasado por su cama desde que ellos habían estado juntos. Imaginárselo tocando a otras del modo en que la había tocado a ella hacía que el corazón se le partiera en dos. A lo largo de los años había intentando no pensar en ello y cada vez que veía una fotografía suya en la prensa con otra glamurosa mujer del brazo había pasado la página rápidamente y había esperado a que se disipara aquella sensación de anhelo.

Cuando bajó las escaleras, Marc estaba hablando con un hombre de trabajo de la empresa de mudanzas; los primeros artículos ya estaban en el vestíbulo metidos en cajas de cartón.

Se estremeció al pensar en lo rápido que habían cambiado las cosas. Marc no había perdido tiempo en tomar posesión de la villa; ¿cuánto tardaría en insistir en los aspectos más íntimos del acuerdo? En el pasado ella, al menos, había compartido su cama por amor, pero ¿cómo podría compartirla ahora con el odio que brotaba entre los dos?

Marc le dijo al hombre que se retirara y se dio la vuelta justo cuando ella bajaba el último escalón. La recorrió con una ardiente mirada.

–Muy bien. Aunque, claro, tú siempre has tenido la increíble habilidad de parecer elegante con cualquier cosa que te pongas... –y añadió con un brillo en los ojos–: o que no te pongas.

Ava alzó la barbilla.

–Por si te lo preguntas, este vestido es mío.

–Sí, lo sé. Lo recuerdo de nuestra primera cita.

Ella intentó ocultar su reacción ante ese comentario, pero era casi imposible controlar el acelerado palpitar de su pulso. El hecho de que él recordara ese minúsculo detalle la hizo preguntarse si había sentido por ella más de lo que había dejado ver. Él siempre había parecido muy distante y había huido de los compromisos y de los sentimientos. Ella, por otro lado, había sido muy efusiva al expresar los suyos, cosa que la había hecho parecer algo inmadura. Deseaba haber podido ser un poco más sofisticada por entonces. Ojalá hubiera podido ver su relación como una simple aventura en la que no debería haber volcado todas sus esperanzas. Pero desde el momento en que sus ojos se habían cruzado en un abarrotado bar, había sentido como si dentro de ella algo encajara. Nunca nadie había provocado esa sensación en ella y después de todo ese tiempo había llegado a la conclusión de que nadie más lo haría.

Salió de la villa y lo siguió hasta el coche que los esperaba. El conductor les abrió la puerta y se sentaron uno al lado del otro de modo que sus muslos prácticamente se rozaban.

Cuando Marc le agarró la mano, ella pensó en todas las veces que habían cenado juntos en el pasado. Las románticas cenas a la luz de las velas durante las que se habían mirado a los ojos, habían entrelazado las manos y el corazón de ella había palpitado con impaciencia ante la idea de volver al apartamento para hacer el amor hasta el amanecer.

Se preguntó si él estaría pensando en aquellos momentos ahora. Era muy difícil saber qué se le pasaba por la mente, qué sucedía detrás de esa máscara. Estaba tan imponentemente guapo como antes y la ligera sombra de vello que le cubría la mandíbula hacía que Ava tuviera que controlarse para no acariciarlo, para no sentir esa sexy piel bajo sus dedos. Su cuerpo tembló ante el recuerdo de cómo había sido sentir su incipiente barba contra la piel de la cara interna de sus muslos mientras él le daba placer con la lengua y los labios.

Se cruzó de piernas para intentar controlar las palpitaciones de su cuerpo, pero con él sentado tan cerca era como intentar evitar que el hielo se derritiera bajo la llama de una antorcha.

Marc se llevó su mano a su boca y la besó; esa mera caricia de su lengua y sus labios hizo que Ava temblara y cerrara los ojos mientras buscaba algo de fuerza de voluntad en su interior para no girarse y besarlo con avidez.

Él no le soltó la mano y jugueteó con sus dedos y sus perfectas uñas. Ava era consciente de que tenía el antebrazo apoyado en su muslo y la mano demasiado cerca de ese punto tan ardiente que tanto ansiaba explorar en él para ver si su cuerpo estaba reaccionando del mismo modo que el de ella. Miró de soslayo y el corazón casi se le paró cuando vio la tela de sus pantalones tensada. Tragó saliva y rápidamente miró hacia la ventana, aunque lo oyó reírse mientras llevaba sus dedos hasta su cada vez mayor erección.

Le dio un vuelco el corazón al sentir la inflamada longitud de su miembro, sus músculos internos contrayéndose y el deseo que la invadía a ella a pesar de estar intentando evitar cualquier tipo de reacción.

–Veo que... o mejor dicho, siento que no has perdido el tacto, *cara*. Dime, ¿alguna vez atendiste a Cole en la parte trasera de su limusina?

Su dura y cruel pregunta fue como una bofetada en la cara con una mano helada. Apartó su mano bruscamente y se estremeció cuando se arañó en la muñeca con la pulsera de metal del reloj de Marc.

–¿Alguna vez lo has hecho?

–¿Me creerías si te dijera que no? –le respondió ella con una mirada desafiante.

–Has vivido con él como su esposa legal durante cinco años. No me imagino que haya muchas cosas que no le hicieras, sobre todo con la cantidad de dinero que se gastaba en ti. Probablemente por eso acabó en la bancarrota, por intentar mantener tus manos de cazafortunas llenas de artículos de diseño.

–No me importa lo que pienses –dijo mientras buscaba un pañuelo de papel en su bolso–. No tiene sentido discutir nada contigo. Has tomado una decisión y nunca te equivocas, o eso te gusta pensar.

Marc vio el arañazo de su muñeca. Sacó su pañuelo

del bolsillo interior de su chaqueta, le agarró el brazo y con delicadeza le limpió la sangre.

–No ha sido mi intención hacerte daño.

Los ojos azules grisáceos de Ava resplandecieron.

–De eso trata todo esto, ¿verdad? De hacerme daño hasta que me derrumbe del todo.

Él frunció el ceño y la soltó.

–Tal vez hay una parte de mí que quiere que sufras como sufrí yo, pero no soy un hombre violento y puedes estar segura de que siempre estarás absolutamente a salvo conmigo.

¿A salvo? Ava se preguntó si alguna vez podría estarlo en lo que concernía a los sentimientos. A lo largo de los años se había dicho que ya no lo amaba, había negado lo que sentía por él, pero eso había sido un mecanismo de defensa para asumir el dolor que le produjo abandonarlo. Sin embargo, Marc Contini no olvidaba... él se vengaba.

Lo observó; estaba mirando al frente, concentrado, y con su sensual boca apretada formando una fina línea. Tenía una especie de tic nervioso en un extremo de la boca, como si un diminuto puño estuviera dando golpes a través de su piel.

En ese momento, Marc se giró y la miró.

–Dime una cosa. ¿Estabas con Cole todo el tiempo que estuviste viéndome a mí?

–Por supuesto que no. ¿Cómo puedes pensar...?

–Un mes –esas palabras salieron de su boca como si fueran balas–. En cuestión de un mes ya estabas casada con él.

Ava cerró los ojos y hundió la cabeza en sus manos.

–No puedo hacer esto... –dijo mientras contenía las lágrimas–. Por favor, llévame a la villa...

–Vamos a cenar como estaba planeado.

Ella levantó la cabeza y lo miró.

–Antes no eras un cretino insensible, Marc.

–Es un poco tarde para lamentarse por mi falta de sentimientos. Después de todo, fuiste tú la que me enseñó que era una tontería confiar en una mujer que dice palabras de amor constantemente. Pero ésa fue tu intención desde el principio, ¿verdad? Me encandilaste y después, una vez que me tenías, me abandonaste para irte con alguien más rico.

–¿Es eso lo que crees?

–Debería haberlo visto venir –dijo alargando el brazo sobre el respaldo del asiento–. Demasiadas cazafortunas han pasado por mi vida. Tú eras buena, eso tengo que reconocerlo. Resultabas convincente, eras persuasiva y aquella mentirijilla sobre el hecho de que sólo habías estado con un hombre antes que conmigo y lo mala que había resultado la experiencia fue un buen toque y me ganaste con eso.

El dolor que Ava sintió al oír esas palabras fue indescriptible. Él era una de las pocas personas a las que le había hablado sobre la noche que perdió la virginidad cuando tenía diecinueve años, ni siquiera lo sabía Serena, que había tenido una experiencia aún peor. Por eso, el hecho de que Marc hablara de aquella confidencia como si fuera una invención para ganarse su compasión fue más que cruel.

Se alegró de que el conductor detuviera el coche delante del restaurante que Marc había elegido ya que no se le ocurrió ninguna respuesta que darle. Salió del coche y ni se inmutó cuando Marc la agarró del brazo.

El restaurante estaba abarrotado, pero la mesa a la

que los llevó el maître estaba situada en una zona más retirada. La iluminación era suave e íntima, la decoración lujosa y el servicio atento, pero no pesado.

–¿Te apetece beber algo? –le preguntó Marc después de que el camarero les dejara la carta.

–Soda con un chorrito de limón.

–¿Sólo eso? ¿Es que tienes miedo a perder tus inhibiciones y ser traviesa conmigo?

Ella se echó el pelo detrás de los hombros y le lanzó una mordaz mirada.

–No puedes obligarme a acostarme contigo, Marc.

Él se recostó en su silla y la recorrió con la mirada.

–No creo que fuera demasiado difícil hacer que acabaras suplicándome. Después de todo, tu papaíto lleva muerto unas semanas y en la prensa no se ha dicho que hayas encontrado un sustituto. Una mujer como tú no está hecho para el celibato.

Ava escondió su cara tras la carta para ocultarse de su sardónica mirada.

La ponía furiosa pensar en lo vulnerable que era ante él; aún le temblaba la mano por el roce de antes en el coche y su cuerpo ardía. Cada vez que lo miraba, él parecía estar observando su boca y haciendo que sus labios se inflamaran. Se preguntó si Marc estaba planeando fríamente seducirla, porque si así era, estaba lográndolo. Apenas podía quedarse sentada en la silla si pensaba en la idea de verse poseída por él otra vez. Sus músculos internos palpitaban y estaba costándole concentrarse. Lo único que podía hacer era pensar en cómo sería que él se hundiera en su húmeda calidez tal y como lo había hecho antes. Era un amante aventurero, aunque también podía ser muy tierno. Eso era lo que le había encantado de él, que siempre se había asegurado de satisfacer su deseo antes de preocuparse por el suyo.

¿Cómo sería hacer el amor con él ahora?, se preguntó. ¿Su búsqueda de venganza lo habría convertido en un hombre egoísta y exigente en lugar de un amante considerado? ¿La trataría como la cazafortunas que creía que era?

Ava dejó la carta sobre la mesa con una temblorosa mano. ¿Cómo se habían convertido sus sueños de una vida feliz en una pesadilla? Lo único que había querido era encontrar un hombre que la amara y la protegiera, formar una familia, la clase de familia que Serena y ella habían echado en falta tras la temprana muerte de su madre y el nuevo matrimonio de su padre al poco tiempo con una mujer que claramente había estado esperando a que su predecesora muriera.

Había creído que Marc era ese hombre especial, el hombre de sus sueños, pero tras unas semanas viviendo con él había sabido que jamás compartirían un futuro feliz. Él era un mujeriego, un hombre acostumbrado a tener lo que quería y cuando lo quería. Estaba decidido a triunfar en todo, trabajaba duro y jugaba duro. Ella se había convertido en parte de ese juego, pero en una parte muy pequeña y sabía que sus días junto a él habían estado contados. Había detenido la cuenta atrás al abandonarlo con la esperanza de que eso la protegiera de un daño mayor, pero al hacerlo no se había dado cuenta de que eso la había puesto en el objetivo de su enemigo...

–¿Ya has decidido qué quieres comer? –le preguntó Marc.

–No tengo hambre.

–¿Estás a dieta?

–No. Estoy enfadada por cómo has orquestado toda esta... situación.

–Soy yo el que tiene derecho a estar enfadado, Ava, no tú. Me traicionaste, ¿lo recuerdas?

Odiaba pensar cómo la habían manipulado para destruirlo. ¿Cómo podía no haberlo visto? ¿Cómo pudo no sospecharlo hasta que ya fue demasiado tarde?

–No importaría lo que te dijera. No me creerías, ¿verdad?

–No voy a volver a permitir que te rías de mí. Esta vez te tendré vigilada a todas horas y en todas partes.

–¿Qué significa eso? ¿Vas a hacer que me sigan?

–Digamos que voy a dar los pasos necesarios para que lo que es mío siga siendo exclusivamente mío.

–Las mujeres no somos cosas que puedas poseer, Marc, o por lo menos no en este siglo.

Él alzó un hombro como si no le importara lo más mínimo.

–Si no vas a comer, entonces puedes mirarme porque yo me muero de hambre –dijo mientras avisaba al camarero.

–Está claro que haber estado tramando todo esto te ha despertado el apetito.

–Pero un apetito no sólo de hambre, *ma belle*. Tengo otros apetitos que necesitan ser saciados, aunque estoy dispuesto a prolongar un poco esa gratificación, a hacerla esperar un poco.

–¿Qué quieres decir con eso?

Él esbozó una enigmática sonrisa.

–¿Crees que soy tan animal como para obligarte a acostarte conmigo desde el primer día?

Ella pensó en la respuesta un momento.

–Estás pagándome mucho dinero. No estoy segura

de por qué querrías esperar a menos que sea porque tienes algo planeado.

–Lo único que tengo planeado es que seas mi amante temporal. Simplemente eso.

El camarero se acercó y eso significó que Ava se había quedado sin oportunidad de responder. Le pidió un plato sencillo mientras barajaba varias posibilidades.

Marc era un hombre orgulloso que quería vengarse por cómo ella lo había traicionado, supuestamente. Había ido extraordinariamente lejos para volver a tenerla en su vida, pero ahora parecía que no iba a apresurarse a meterla en su cama.

¿Por qué?

Lo observó mientras hablaba con el camarero. Sus labios estaban bellamente esculpidos y eran de lo más sensuales. Ava sintió un cosquilleo en la boca al recordar la presión de esos labios sobre los suyos y el modo en que su lengua había jugueteado con la suya, provocándola hasta hacerla derretirse en sus brazos.

Cuando el camarero se retiró y Marc la miró, la vio mordiéndose ligeramente los labios, vio sus pequeños y blancos dientes jugueteando con ellos y sintió un fuerte ardor en la entrepierna ante el deseo de saborearlos. Sin embargo, se le revolvió el estómago al pensar en las fotografías que habían salido de su boda con Cole en la prensa. Había sido una novia preciosa; nunca había visto a ninguna tan radiante e impresionante. Apretó los puños por debajo de la mesa ya que no confiaba en agarrar la copa de vino sin romperla. Qué tonto había sido al confiar en ella; había pensado que volvería suplicándole que volviera a meterla en su cama, pero en lugar de eso Ava lo había humillado de la forma más devastadora posible.

Pero ahora tenía cinco años más, era cinco años más sabio y cinco años más poderoso, un hombre de éxito. En esa ocasión las cosas serían diferentes. Ava McGuire lo había humillado antes, pero en esa ocasión acabaría teniéndola exactamente donde quería.

No con una alianza en su dedo, ni siquiera en la palma de la mano, sino en su cama durante todo el tiempo que él quisiera.

Capítulo 3

UNA VEZ llegaron los platos, Ava comenzó con su ensalada a pesar de que su estómago se resentía con cada bocado que intentaba tragar. Era consciente de la mirada de Marc y del tenso gesto de su boca que en ocasiones la inquietaba más que la tensión sexual que podía existir entre los dos.

Ya estaban en los cafés cuando oyó un tumulto tras ella. Se giró y vio a un fotógrafo apuntándola con el objetivo.

—Actúa del modo más natural posible —le dijo Marc en voz baja mientras le agarraba la mano por encima de la mesa.

Ava sintió la sangre precipitarse en sus dedos, ahí mismo donde él estaba tocándolos, pero se obligó a relajarse recordando en todo momento que lo que estaba haciendo lo hacía por el bien de su hermana.

Tomaron varias fotografías y la joven periodista que acompañaba al fotógrafo le preguntó a Marc sobre su decisión de reunirse con su ex pareja.

—*Signor* Contini, esta tarde ha publicado un comunicado sobre su intención de retomar la relación con Ava McGuire, la mujer que lo abandonó por el difunto magnate inmobiliario Douglas Cole hace cinco años. ¿Tiene algo que añadir?

Marc esbozó su blanca sonrisa.

–Como puede ver, hemos vuelto y estamos felices. Es lo único que diré.

La periodista lo anotó todo antes de preguntarle con una provocadora sonrisa:

–¿Hay posibilidad de campanas de boda en un futuro no muy lejano?

La educada sonrisa de Marc seguía en su sitio, pero Ava pudo ver un momentáneo brillo en sus ojos antes de responder a la periodista:

–Mi opinión sobre el tema no ha cambiado. No tengo intención de casarme con nadie.

La periodista se giró hacia Ava.

–Señora Cole, ha desarrollado una fama de mujer trofeo por toda Europa. Después de todo, su difunto marido era treinta y ocho años mayor que usted. ¿Tiene algún comentario al respecto?

Ava sintió los dedos de Marc haciendo presión sobre los suyos.

–Eh... no estoy preparada para hablar de mi vida privada –dijo sonrojada ante la mirada condescendiente de la periodista–. Nunca lo he hecho y seguiré así.

–¿Tiene intención de buscar un empleo para ganarse la vida y no ser simplemente la amante del *signor* Contini?

–Yo soy su... –se detuvo para buscar la palabra adecuada–, su... eh... su compañera, no su amante. Y ya le he dicho que no voy a hablar de mi vida privada.

Sin soltarla de la mano, Marc se levantó para informarle a la periodista de que la entrevista había terminado.

–Si nos disculpa –sonrió a la joven–, la señorita McGuire y yo tenemos mucho de que hablar para ponernos al día.

–Una última pregunta, *signor* Contini –añadió la joven estratégicamente colocada para impedirles el paso–. ¿Su encuentro con la señora... quiero decir, con la señorita McGuire, significa que la ha perdonado por haberse casado con el hombre que le arrebató el contrato para construir el hotel en Dubai? Se dice que el contrato era suyo hasta que ella lo abandonó para irse con él.

Se hizo un tenso silencio roto únicamente por el ruido de los platos.

Por cada segundo que pasaba, Ava sentía un martillazo dentro de su pecho. La húmeda palma de su mano estaba rodeada por la fría y seca protección de la mano de Marc. Le costaba respirar y tenía el estómago revuelto.

–Por supuesto –dijo finalmente Marc–. El pasado es el pasado y ha llegado el momento de seguir adelante.

En esa ocasión la periodista no tuvo otra elección que apartarse y dejar que Marc se marchara con Ava fuertemente agarrada de la mano.

Cuando salieron a la calle, la limusina se detuvo delante del restaurante como una elegante pantera negra, rugiendo suavemente mientras el conductor les habría la puerta. Ava se sintió como si estuviera adentrándose en las fauces de una bestia depredadora que la consumiría.

Esperó a estar en marcha antes de girarse hacia Marc.

–¿Era en serio lo que has dicho ahí?

–Lo hecho, hecho está. Estoy dispuesto a olvidarlo. Ahora eso no tiene ninguna importancia en nuestra relación.

–¿No tiene importancia? ¡Claro que sí! No confías en mí. Aunque, de todos modos, eso es algo que nunca has hecho, ¿verdad?

Los hombros de Marc se tensaron visiblemente mientras la miraba, aunque su expresión permanecía fría.

–Desde el primer momento en que te vi te deseé y, como un tonto, dejé que eso me distrajera. No volveré a cometer el mismo error.

Ava apretó los labios y se giró para mirar por la ventana las destellantes luces del puerto. Las frías y duras palabras de Marc eran como dardos venenosos clavados en su piel que la hacían estremecerse de dolor.

–¿Por qué Cole y tú no tuvisteis hijos? –preguntó Marc después de otro silencio.

–No era lo que quería de él –Ava se horrorizó al darse cuenta de cómo había sonado eso o, al menos, de cómo lo habría interpretado Marc. Pudo ver el malestar en sus ojos–. Quiero decir... no lo teníamos previsto. No era algo que los dos quisiéramos. No habría encajado en... nuestra relación.

–¿Qué clase de relación teníais?

Ava se sintió acorralada. Se movía inquieta sobre el asiento de piel, cruzaba y descruzada las piernas mientras evitaba mirarlo. Sería muy fácil decirle la verdad, decirle que Serena, cuando trabajó con Douglas como su secretaria de cuentas, había cometido una serie de errores que habían supuesto la pérdida de miles de libras. Justo un día después de que ella hubiera dejado a Marc, Douglas había amenazado a Serena con emprender acciones legales y había hablado incluso de cárcel. Ava había ido a hablar con él y habían llegado a un acuerdo: por desagradable que pareciera, había aceptado los términos y, aunque la prensa se había cebado con ella, lo había sobrellevado asegurándose que lo que hacía era lo correcto para su hermana: un matrimonio de conveniencia a cambio de la libertad de Serena.

Ava se había casado con un hombre moribundo que quería una esposa de mentira para que sus socios vieran que aún podía atraer a una mujer joven y guapa. Ella había odiado cada segundo de ese matrimonio, pero a medida que la enfermedad de Cole había ido minándolo, ella había acabado viéndolo no tanto como un hombre de negocios despiadado, sino como un hombre solitario que, al acercarse al final de sus días, empezaba a darse cuenta de los errores que había cometido, especialmente en lo que concernía a su primera esposa y a sus dos hijos con los que ya no tenía ninguna relación.

Ava miró a Marc.

—Éramos... éramos amigos.

Marc echó la cabeza atrás y soltó una carcajada.

—Sólo alguien tan obsesionado con el sexo como tú pensaría algo así.

Él alargó el brazo sobre el respaldo del asiento y sus dedos quedaron tan cerca de la nuca de Ava que ella pudo sentir un cosquilleo en la piel.

—Vamos, no me tomes por tonto. Has vivido en su villa con él durante cinco años. ¿Quieres que me crea que no habéis compartido su cama?

—No puedo controlar lo que piensas del mismo modo que no puedo controlar lo que la prensa ha ido publicando. Sí, vivíamos juntos y al final desarrollamos una amistad que fue tan importante para él como para mí.

–¿Estabas enamorada de él?

–No, no estaba enamorada de él, pero eso es exactamente lo que esperabas que dijera, ¿verdad? Me tienes catalogada como una cazafortunas y las cazafortunas sólo aman una cosa: el dinero.

–Tú misma lo has dicho, cariño –dijo él entrelazando los dedos en su pelo.

Ava sintió una cascada de escalofríos recorriéndole la espalda cuando él la acercó a sí hasta que casi la puso sobre su regazo. Ella se apartó.

–Suéltame –intentó que su voz no reflejara desesperación.

–¿Es eso lo que quieres de verdad? –le dijo él con los labios muy cerca de su boca.

–No hagas esto, Marc... aún no... no estoy preparada.

–¿No estás preparada para suplicar? –le preguntó él deslizando un dedo sobre sus labios para después lamerlo y saborearla.

Fue un gesto tan íntimo que a ella le temblaron las piernas y su boca deseó sentir la de él, sentir su lengua reclamándola.

–Está bien –le dijo soltándole el pelo y apartándose–. Puedo esperar hasta que estés lista.

Ava se pasó una temblorosa mano por el pelo mientras lo odiaba por mantener tanto el control cuando ella estaba destrozada por su presencia, y qué decir por su tacto. Cada pelo de su cabello parecía estar pidiendo a gritos el suave tacto de sus dedos y su corazón seguía palpitando con fuerza contra su pecho ante la exquisita perspectiva de un beso.

Fue toda una revelación que después del tiempo que había pasado y de la amargura que había almacenado en su corazón, él pudiera seguir despertando tanto deseo en ella. Se avergonzaba de su debilidad y sabía lo mucho que eso le satisfaría a él.

«Piensa en el dinero, piensa en Serena», se dijo para intentar sacar fuerzas y valor. Él podía hacer lo que quisiera, tratarla como la inmoral mujer que creía que era, pero en esa ocasión no le rompería el corazón como lo hizo una vez. Sería su pareja, podría actuar tanto en público como en privado, pero Marc jamás tendría en su poder esa parte de ella que una vez le entregó libremente.

El conductor se detuvo en el camino de entrada a la villa y los portones se abrieron automáticamente.

Una vez en la puerta, Marc ayudó a Ava a bajar del coche y la acompañó mientras subía los escalones de piedra hasta el impresionante vestíbulo. El aroma del ramo de rosas frescas que Celeste había colocado en la mesa de mármol de la entrada llenaba el aire y le dotaba a la residencia de una atmósfera hogareña. Durante los últimos meses de vida de Douglas, Ava había hecho todo lo que había estado en su mano para que la casa fuera lo más cómoda, agradable y tranquila posible.

Los hombres de la mudanza debían de haber estado ocupados mientras ellos cenaban ya que en el salón pudo ver varios cuadros de Marc colgando de las paredes. Era como si estuviera marcando su territorio y, por si eso fuera poco, cuando Ava se disculpó para ir al baño de arriba, vio que él se había apoderado del dormitorio principal. Dos maletas estaban abiertas sobre la cama junto a un neceser negro. Incluso el aire olía a él, a ese excitante aroma a cítrico y a feromonas masculinas que siempre hacía que se le encogieran los dedos de los pies.

–*Madame?* –Celeste salió del vestidor–. ¿Me buscaba?

–*Non,* Celeste –respondió Ava sonrojada–. Yo sólo eh... sólo estaba asegurándome de que el *signor* Contini tiene todo lo que necesita.

–*Oui* –dijo Celeste–. Me han dado instrucciones de deshacer sus maletas –vaciló antes de añadir–: ¿Debería traer también aquí sus cosas?

Ava la miró perpleja.

–¿Le ha pedido que lo haga?

–Es inevitable, *oui?*

–¿Por qué dice eso?

–Es un hombre muy guapo –respondió la mujer como si eso lo explicara todo.

Ava apretó los labios, preguntándose cómo explicarle la situación.

–Mire, Celeste, no quiero que malinterprete esto, pero...

–No pasa nada, *madame.* Yo también he sido joven. Tiene una historia con él, *oui?* Es difícil resistirse a un hombre que ha pasado por tanto para volver a tenerla en su vida.

–Celeste... no estoy segura de que usted lo comprenda. Marc Contini arruinó a Douglas. Se lo arrebató todo. Su ex mujer se quedó sin nada, por no hablar de sus hijos. Douglas quería que Adam y Lucy tuvieran algo para recordarlo. Fue su último deseo.

Celeste miró por detrás de Ava y se aclaró la voz.

–*Excusez-moi, signor* Contini –dijo con una pequeña reverencia–. Aún no he terminado de deshacer sus maletas.

–*C'est bien*, Celeste. *Je vais me reposer. Bonsoir.*

–*Bonsoir* –le respondió la mujer antes de lanzarle a Ava una mirada conspiradora al pasar junto a ella.

–¿Tienes algún problema con que ocupe este dormitorio?

–Ninguno. La villa te pertenece. Puedes dormir donde quieras –dijo con indiferencia.

–¿Es eso una invitación para meterme en tu cama?

–No, claro que no.

Marc alargó la mano y le acarició la mejilla haciendo que todos los nervios de su cuerpo cobraran vida. Se detuvo a escasos centímetros de su boca y con su dedo índice acarició la comisura de sus labios, esos labios que últimamente tan pocas sonrisas esbozaban. Ava contuvo el aliento mientras sentía cómo su cuerpo se balanceaba hacia él. Era como una fuerza magnética que la arrastraba hasta él. Bajó la mirada, pero él le alzó la barbilla para poder seguir mirándola.

–Me ha sorprendido ver que no ocupabas el dormitorio principal. ¿Cuándo te marchaste de la cama de tu marido?

A Ava se le hizo un nudo en la garganta. ¿Debería decirle que nunca la había ocupado? ¿La creería? No, claro que no. No lo creería a vista de las numerosas imágenes que había publicado la prensa en las que él aparecía rodeándola por la cintura y mirándola con adoración. A Ava la había enfermado ser cómplice de esa red de mentiras que había rodeado su relación, pero eso había supuesto la salvación de Serena y era lo único que importaba.

–Estuvo muy enfermo al final, pero en cualquier caso desde el principio habíamos decidido tener dormitorios separados. Él no dormía bien. Padecía de un... de un terrible insomnio.

Marc se apartó y durante un momento observó una fotografía de la boda de Serena y Richard.

–¿Qué dijo tu hermana sobre tu relación con Cole?

–Fue Serena la que me lo presentó. Trabajaba en el departamento de cuentas de su oficina de Londres.

–Entonces fue una especie de relación relámpago.

Ya que no fue una pregunta, Ava no respondió. Estar en silencio parecía mucho más seguro... menos mentiras que contar y de las que podría lamentarse más tarde.

Él volvió a mirar la fotografía.

–Tu hermana lleva una vida muy distinta a la que tú has elegido, pero aun así estáis muy unidas, ¿no?

–Tenemos nuestros momentos, como todas las hermanas. Desde que nuestra madre murió cuando yo tenía nueve años, Serena, que es dos años más pequeña, siempre me ha visto como a una madre. Pero todo esto ya lo sabes. Te lo conté cuando nos conocimos.

Él se quedó observándola durante un interminable momento, como si estuviera buscando algo en su interior.

–Sí, me lo contaste. Te dije lo mucho que te envidiaba, ¿lo recuerdas? Yo fui hijo único con demasiadas cargas que llevar solo.

Ava recordaba bien lo mucho que a Marc le había afectado su infancia. En las raras ocasiones en las que había hablado sobre ello, había tenido la sensación de que había estado muy solo, que había sido un chico desconcertado sin nadie en quien apoyarse. Al principio ella había esperado ser la persona que le curara sus heridas de la infancia mediante amor y cariño durante el resto de sus vidas, pero ahora su situación le parecía más trágica ya que veía que lo más probable era que

pasara el resto de su vida pasando de una relación in-
significante a otra, sin confiar nunca en nadie, sin amar
a nadie lo suficiente para construir una vida juntos.

–Tengo que ir a Londres a principios de la semana
que viene –dijo Marc–. Me gustaría que vinieras conmigo. Eso te dará la oportunidad de estar con tu hermana.

Pero si Serena la veía con Marc se daría cuenta de
que sucedía algo.

–Acabo de volver de Londres. Apenas he deshecho
las maletas.

–Estoy seguro de que a tu hermana le encantará
volver a verte tan pronto.

Ava apretó los labios y bajó la mirada.

–Serena no ha estado bien últimamente. No creo
que sea el mejor momento para recibir visitas.

–Lamento oír eso. ¿Es algo grave?

–Durante los últimos años ha sufrido varios abortos
y el último fue hace diez días, cuando estaba de cuatro
meses. Ha sido muy traumático para ella, como podrás
imaginarte.

Sus oscuros ojos se ensombrecieron de compasión
y eso hizo más difícil que Ava pudiera pensar mal de
él. Le recordó lo delicado y tierno que había sido con
ella en el pasado siempre que se había sentido mal por
algo. ¡Cuánto había anhelado esa ternura durante los
últimos cinco años!

–Lo siento mucho –dijo con sinceridad–. La pérdida debe de haber sido devastadora tanto para tu hermana como para su marido. Pero ¿no crees que otra
visita tuya la animaría?

Ava se cruzó de brazos, esperando que con eso se
calmara el dolor que invadía su corazón.

–No estoy segura... No tenía ganas de recibir visitas cuando estuve allí. Puedo llamar a Richard y preguntarle qué le parece, pero no creo que a él tampoco le haga mucha gracia. Los dos están sufriendo mucho. Ha sido una gran decepción.

–Ava, es importante que nos vean juntos como pareja, no sólo aquí en Montecarlo, sino también cuando tenga que viajar a otros lugares por negocios –le dijo Marc con tono serio.

–¿Quieres decir que me quieres tener controlada, verdad, Marc?

–Estoy pagándote para que seas mi pareja, mi amante, Ava. Es parte del trabajo. Después de todo, tú acompañabas a Douglas siempre que viajaba y te colgabas de su brazo como una lapa.

–Eso era diferente –dijo ella sin pensar.

–¿En qué sentido?

–Douglas estuvo muy enfermo los últimos meses de su vida. Necesitaba cada vez más apoyo cuando viajaba.

–Apuesto a que odiabas tener que ocuparte de él. No es el papel que te esperarías cuando aceptaste ser su esposa, ¿verdad? Pero, claro, el atractivo del dinero sería suficiente para convencerte a hacer cualquier cosa, ¿verdad?

Ella lo miró con recelo y se dio la vuelta.

–Espero que no cuentes con que te secaré el sudor de la frente en el futuro porque no lo haré.

Marc cerró los puños. Esa actitud desafiante lo irritaba a la vez que lo excitaba. Esa mujer dulce y encantadora que creyó conocer en el pasado no había sido más que un papel, una artimaña, un disfraz para despistarlo del negocio. Ésa era la verdadera Ava

McGuire: dura, combativa y furiosa con él por tenerla controlada por fin. Iba a disfrutar de cada minuto. En la cama serían dinamita, tal vez incluso más que antes. Podía sentirlo en el aire cada vez que se acercaban, el cuerpo de Ava desprendía ondas de atracción que le recorrían la piel y le hacían arder. Tuvo que controlarse para no llevarla contra la pared y tomarla allí mismo para satisfacer ese ardiente deseo que palpitaba incesante en su entrepierna. Podía sentirlo ahora, podía sentir el torrente de sangre que lo hacía inflamarse de deseo.

—Te prometo que no te pediré que me seques el sudor de la frente —dijo mientras ella se apartaba de los hombros sus rubios rizos—. Tengo otras partes de mi cuerpo a los que preferiría que prestaras atención.

Ella se giró para mirarlo y esos ojos azules grisáceos se clavaron en él como si fueran dagas.

—Crees que puedes hacerme lo que quieras, ¿verdad? Pero yo no soy el juguete de ningún hombre. Nunca lo he sido y nunca lo seré.

—Ah, pero eso no es verdad, *ma petite* —se acercó a ella y la agarró por los hombros—. Cole jugó contigo todo lo que quiso y ahora me toca a mí.

—He cambiado de opinión. Quiero el doble de dinero.

Él enarcó una ceja ante esa actitud tan calculadora.

—Hemos acordado un precio, Ava. No voy a pagarte más de lo que mereces, sobre todo teniendo en cuenta que eres un «artículo usado».

Ella apretó los labios y su barbilla tembló antes de que ella lograra controlar sus ganas de llorar.

Marc se percató y se preguntó si sería un truco o una táctica. Como no podía decidirse, hizo lo que había deseado hacer desde el momento en que se había presentado en la villa.

Agachó la cabeza y, antes de que ella pudiera hacer nada para evitarlo, la besó.

Ava no tuvo tiempo de prepararse para el beso. La pasión que bramó entre las dos bocas fue como un infierno en cuanto entraron en contacto. Los labios de ella palpitaban y ardían de deseo mientras los de él parecían gruñir de furia por seguir deseándola. Ella también lo besó con rabia, enfadada por cómo lo deseaba, por cómo había esperado ese beso.

La presión de los labios fue haciéndose cada vez más intensa hasta que finalmente Ava abrió la boca dejando entrar la lengua de Marc y todo su cuerpo se derritió bajo sus manos. Podía sentir cada centímetro de ese masculino cuerpo, podía sentir su erección contra su vientre recordándole que encajaban a la perfección y lo explosivo que él podía llegar a ser en el momento del éxtasis.

La lengua de Marc exploraba su boca con detalle, lamiendo y acariciando hasta hacerla gemir. Sus dientes mordisqueaban sus labios y hacían que el deseo se hiciera insoportable. De ahí pasó a deslizar la boca sobre la piel de su cuello y Ava hizo lo mismo con él; posó sus labios sobre la piel algo más áspera de su cuello y recordó lo masculino que era él y lo delicadamente femenina que era ella. Marc sabía a cítricos, a sal y a un suave sudor masculino, un cóctel excitante que hizo que la cabeza le diera vueltas.

Utilizó la lengua como si fuera un gato, lamiéndolo suavemente al principio hasta que él terminó gimiendo de deseo. Entonces le dio un pequeño mordisco y él reaccionó acercándose más a su pelvis con urgente deseo.

Ava se frotó contra él descaradamente mientras seguía besándole el cuello. Cuando Marc volvió a besarla en los labios, ella notó el sabor de la sangre, aunque desconocía de quién era. No le importaba, lo único en lo que podía pensar era en que ese beso no terminara nunca, que siguiera siendo tan posesivo y pasional. Había pasado mucho tiempo desde la última vez que había sentido ese deseo. Era como si su cuerpo hubiera vuelto a la vida después de cinco solitarios años y cada poro de su cuerpo anhelaba sentirlo, anhelaba que él la tocara.

Sintió sus manos deslizarse sobre sus pechos por debajo de su camisa antes de que él le desabrochara el sujetador y los cubriera con su piel. Las palmas de sus manos eran cálidas y ligeramente ásperas, de nuevo un delicioso recordatorio de lo intensamente masculino que era. Tembló cuando le pellizcó delicadamente los pezones hasta hacerlos endurecer y contuvo el aliento cuando él tomó en su boca su pecho derecho.

–Por favor... oh, por favor...

Lo sintió sonreír alrededor de su pezón, como si la reacción que había tenido lo hubiera complacido al máximo. Esa boca era una dulce tortura para sus sentidos. Se arqueó hacia atrás e intentó respirar.

–Marc... por favor... por favor.

Él apartó la boca de su pecho y la miró.

–Mira qué fácil eres. Un beso y podría tomarte aquí y ahora mismo.

Ava nunca había abofeteado a nadie en su vida, aborrecía la violencia de cualquier tipo, pero antes de poder evitarlo su mano salió hacia la cara de Marc. Sin embargo, él tuvo suerte; la agarró por la muñeca.

–La violencia no será parte de esta relación.

Ava alzó la barbilla sin molestarse en contener las lágrimas.

–Tú has empezado –le dijo con tono acusatorio–. Has sido demasiado brusco.

Él la miró a la boca y, con cierto impacto, vio el pequeño corte que le había hecho en el labio.

–Perdóname. He sido demasiado brusco contigo. No volverá a pasar.

Sin embargo, ella quería que volviera a pasar. Quería que él perdiera el control para no ser ella la única que sufriera ese deseo vacío e insatisfecho en su interior. Además quería a ese Marc, tierno, preocupado. Las lágrimas se deslizaban por sus mejillas y el corazón se le contrajo de dolor por cómo lo había amado y lo había perdido.

–¿Tanto te duele, *cara*? –le preguntó con delicadeza.

Ava se apartó.

–No es por el labio, ¡maldita sea! –le gritó, furiosa consigo mismo por haber perdido el control delante de él.

Él le dio un pañuelo limpio y perfectamente doblado mientras la miraba con intensidad.

Ava agarró el pedazo de tela y se limpió la sangre, consciente de que estaba observándola. Cuando terminó y él alargó la mano para que le devolviera el pañuelo, ella se lo colocó detrás de la espalda y dijo:

–No. Tengo que lavarlo.

–No tienes por qué hacerlo. Puedes tirarlo o dárselo al servicio para que se encarguen ellos. No espero que seas mi lavandera, Ava.

Ava lo tenía en la mano. Había olido el limpio aroma masculino de Marc en él cuando se lo había acercado a la boca y decidió que no lo devolvería. Si eso era lo único que le quedaba de él cuando todo aquello acabara, que lo fuera.

–Me gustaría irme a dormir. Estoy muy cansada.

Marc dio un paso atrás y le abrió la puerta.

–Te llevaré algo de beber antes de que te metas en la cama. ¿Te apetece un poco de brandy con leche?

Ella negó con la cabeza y el movimiento hizo que sus ondas rubias se sacudieran sobre sus hombros y que él tuviera que contenerse para no acariciar esos suaves y sedosos mechones.

–No, gracias.

–¿Ava?

Ella se detuvo en seco.

–Por favor, Marc... ahora no. No podría soportarlo.

Marc respiró hondo mientras la veía desaparecer en el interior de un dormitorio situado a varias puertas del suyo.

¿Lágrimas o una táctica?, volvió a preguntarse. Pero no estaba cerca de la verdad; es más, creía que estaba bastante lejos.

La mañana siguiente cuando Ava por fin bajó a desayunar, Celeste le pasó el teléfono.

–Es su hermana, Serena.

Ava agarró el teléfono y salió a la terraza.

–¿Serena? ¿Cómo estás, cielo?

–¿Es verdad? –preguntó su hermana sin preámbulo y con la voz entrecortada–. ¿De verdad estás viviendo con Marc Contini?

Ava respiró hondo.

–Serena... iba a llamarte para explicártelo, pero anoche se me hizo tarde y...

–¿Qué está pasando? No habías mencionado su nombre en todo este tiempo. Creía que lo odiabas. Me dijiste que lo vuestro había terminado, que jamás volverías con él.

Ava sabía que tenía que tener cuidado con cuánto le contaba a su hermana. Al aceptar la propuesta de matrimonio de Douglas Cole, había fingido que lo que sentía por Marc se había esfumado a consecuencia de la negativa de éste a comprometerse con ella. No había querido que su hermana se sintiera más culpable todavía, y si revelaba los motivos de la reconciliación, eso le causaría a Serena un dolor innecesario que se sumaría a su sufrimiento por el bebé que había perdido.

–Serena, es algo complicado... –comenzó a decir.

–¿Te has acostado con él?

–No. Aún no.

–¿Qué está pasando? Sale en todos los periódicos. Todos dicen lo mismo, dicen que te has reconciliado con Marc. Incluso dicen que él ahora es el dueño de la villa de Douglas y de su empresa. ¡Todo! Que se ha quedado con todo.

–Sí, es verdad.

–¿Desde cuándo sabes esto?

–Eh... no mucho.

–¿Ava? –la voz de Serena se quebró–. Todo es culpa mía, ¿verdad? Si no hubiera sido tan estúpida de cometer aquellos errores en los libros de cuentas nada de esto habría pasado. Me siento tan culpable. No creas que no soy consciente de que has echado a perder cinco años por mí. Sé que siempre decías que te gustaba estar casada con Douglas por el dinero y el estilo de vida, pero nunca te creí. No eres esa clase de persona a pesar de lo que la prensa pueda decir. Oh,

Dios, no puedo soportar pensar que Marc esté intentando...

–No –dijo Ava firmemente–. Nada de esto tiene que ver contigo ni con el pasado –cruzó los dedos mentalmente por esa mentira piadosa y añadió–: Marc aún tiene... aún siente algo por mí. Ha esperado todo este tiempo para tener la oportunidad de volver a estar en mi vida. Los dos queremos darle otra oportunidad a nuestra relación. Antes éramos jóvenes y testarudos. Ahora los dos hemos madurado.

–Y... ¿qué me dices de tus sentimientos hacia él? –le preguntó Serena tras un breve silencio–. ¿Estás diciendo que has estado enamorada todo este tiempo?

–Cuesta saber lo que siento ahora mismo –dijo con cautela para intentar eludir la pregunta–. Sólo quiero disfrutar volviendo a conocerlo. Esta vez nos estamos tomando las cosas muy despacio.

–¿Ha cambiado de opinión en cuanto a lo de casarse y tener hijos?

Ava sintió un intenso dolor en el corazón.

–Es un tema bastante delicado.

–Ava, no malgastes más años de tu vida, por favor. Te lo suplico –le dijo Serena entre lágrimas–. Te mereces una vida feliz. Ya has sacrificado demasiado...

Oyó a alguien por detrás y después una voz masculina se puso al teléfono.

–¿Ava? ¿Eres tú? –le preguntó Richard Holt con su educado acento de Cambridge.

–Sí –respondió Ava–. Richard, lo siento mucho, no pretendía angustiar a Serena, pero...

–No pasa nada. Está pasándolo mal. Los médicos dicen que son las hormonas, ya sabes, después del... –se aclaró la voz–. Bueno, ya me entiendes.

–Lo entiendo, Richard. Siento mucho no haberos comunicado lo de Marc personalmente. Es que todo ha sucedido muy deprisa y yo... bueno... lo siento. Serena y tú deberíais haber sido los primeros en saberlo en lugar de haberos enterado por la prensa.

–Estamos muy contentos por ti, de verdad –dijo Richard con sinceridad–. No te preocupes por Serena. Una vez que se dé cuenta de que eres feliz, estará encantada con la relación.

Hubo una pausa antes de que Richard añadiera:

–Eh... ¿eres feliz, verdad, cariño?

Ava se obligó a adoptar un tono alegre.

–Soy feliz, Richard. Marc y yo ahora somos distintos. Estamos empezando desde cero.

–Es maravilloso, es una noticia fantástica. Tráelo pronto para que podamos brindar por vuestro futuro.

–Lo haré.

Ava colgó el teléfono justo cuando Marc salía a la terraza.

–¿Tu hermana?

–Y mi cuñado –dejó escapar un pequeño suspiro–. Han leído... lo... lo nuestro... en los periódicos.

–Debería haberte sugerido que los llamaras anoche –le dijo él al acercarse.

–Debería habérseme ocurrido a mí.

Marc dio un paso más hacia ella, le alzó la barbilla delicadamente y le miró la boca.

–Tienes el labio hinchado –gruñó–. Anoche debería haberte puesto algo de hielo.

Ava se apartó, temía traicionarse a sí misma apoyándose en su masculina calidez.

–Estoy perfectamente. Necesito un café, no primeros auxilios.

–Ya le he dicho a Celeste que nos lo saque aquí. Creo que te vendría bien que te diera un poco el sol. Esta mañana estás muy pálida.

–No he dormido bien –confesó mientras él le retiraba una silla para que tomara asiento.

–¿No estás acostumbrada a dormir sola?

–No puedes evitarlo, ¿verdad, Marc?

Él se sentó y esperó a que Celeste les sirviera el café y unos cruasanes y se marchara antes de hablar.

–¿Por qué no me has dicho que nunca compartiste cama con Cole durante el tiempo que estuvisteis casados?

–¿Cómo...? –tragó saliva y comenzó de nuevo–. ¿Cómo lo sabes?

–A Celeste se le ha escapado.

–Me sorprende que la hayas creído. Si te lo hubiera dicho yo, estoy segura de que te habrías reído en mi cara.

–Supongo que debería consolarme saber que te casaste con él sólo por el dinero. Después de todo, nunca te quejaste de nuestra vida sexual mientras estuvimos juntos.

Ava sintió cómo su cuerpo se estremeció al recordar aquellos momentos. Mientras, Marc, totalmente relajado, le daba su taza de café.

–Yo podría haberte dado todo eso, o más incluso que Cole, así que, ¿por qué lo hiciste?

Ella agarró la taza, pero el modo en que tembló el plato delató su nerviosismo.

–Tú te negabas a darme lo que quería. Si me hubiera quedado contigo, jamás me habría casado. Por lo menos Douglas me permitió experimentar eso.

Marc sintió la familiar punzada de celos en su pecho al imaginársela vestida de novia y ni siquiera lo ayudó saber que el matrimonio no se había consumado. Por lo que sabía, Ava podría haber tenido muchos amantes durante su matrimonio ya que Cole había estado muy enfermo antes de morir. Tal vez su fortuna se había visto perjudicada mucho antes de lo que la gente creía, pero a pesar de todo Ava había dejado a Marc para casarse con su enemigo y llevarlo a la ruina. ¿Qué otra razón podría haber tenido?

Se recostó en su silla mientras removía su café con una cuchara de plata que había pertenecido a su familia desde hacía cientos de años. En ese momento pensó que, una vez que muriera, no habría ningún Contini que heredara esas y otras propiedades que había ido acumulando la familia de su padre. Marc había luchado duro para poder mantener hasta el último objeto familiar cuando su negocio casi se fue a pique. Si no tenía un heredero cuando muriera, todo tendría que pasar a otra rama de la familia, a primos lejanos a los que apenas conocía. Nunca había pensado en ello hasta el momento. ¿Cómo sería no tener a nadie a quien dejarle tu legado y pasar tu apellido?

–¿Por qué le das tanta importancia al matrimonio? –le preguntó de pronto a Ava–. Es poco más que un pedazo de papel o al menos eso fue en tu boda con Cole.

–Tenía buenos motivos –dijo bajando la mirada–. Douglas no podía...

–¿Es que no se le levantaba?

Ella lo miró irritada.

–El sexo no es la base de un matrimonio feliz. La enfermedad o un accidente pueden golpear a cualquiera en cualquier momento. De eso trata lo de prometer amar al otro en lo bueno y en lo malo, en la salud y en la enfermedad.

–¿Tus padres estaban felizmente casados antes de que tu madre muriera?

Ella desvió la mirada una vez más.

–No, pero eso no significa que no existan los buenos matrimonios. Incluso gente que es completamente distinta puede formar una pareja maravillosa. Mi hermana y su marido son un ejemplo perfecto. Serena es increíblemente tímida y Richard es muy extrovertido. Forman una pareja estupenda en todos los sentidos.

Marc estaba observándola. El sol iluminaba su cabello rubio y, junto a esas suaves ondas que enmarcaban su rostro, hacía que pareciera un ángel. Acababa de darse cuenta de cuánto había echado de menos el sonido de su voz; tenía una voz suave y su fluidez para hablar otros idiomas la dotaban de un culto y refinado acento que resultaba fascinante. Podría estar leyendo el listín telefónico en voz alta y él escucharía encantado durante horas.

Dio un sorbo de café para salir de esos pensamientos.

–Tal vez tengas razón porque los opuestos se atraen... como nosotros, ¿a que sí?

Marc dejó su taza sobre la mesa y se fijó en la boca de Ava. Lo cierto era que se sentía profundamente avergonzado por haberle hecho daño al besarla con tanta brusquedad.

–No creo que la gente se tome muy en serio nuestra reconciliación si estamos discutiendo constantemente –dijo ofreciéndole a Ava un cruasán.

–No, gracias. Ahora mismo sólo quiero café.

–Ni siquiera lo has tocado.

–Estoy esperando a que se enfríe un poco.

–Deberías comer algo. Estás más delgada que hace cinco años.

–Sí, bueno, después del striptease que tuve que hacer anoche podrías haber calculado mi peso hasta el último gramo.

Marc contuvo una sonrisa ante el recuerdo que lo había tenido despierto durante horas la noche anterior. Había disfrutado viéndola sólo con su ropa interior y no podía esperar a verla con menos ropa todavía.

–Sé que está de moda estar en los huesos, pero personalmente me gusta un poco de carne donde agarrarme.

–Si crees que voy a atiborrarme a azúcar y grasa sólo para complacerte, ya puedes ir esperando.

–¿Estás tomando la píldora?

Ava lo miró asombrada y respondió apresuradamente.

–Sí, pero eso no es asunto tuyo.

–Pronto lo será, *cara*. Tenemos un trato, ¿lo recuerdas?

Ava se cruzó de piernas y de brazos, pero eso no evitó que su cuerpo siguiera encendido de deseo. Sólo imaginarse a Marc haciéndole el amor hizo que se le erizara el vello de la piel.

–No puedes forzarme.

Él sonrió otra vez.

–No creo que eso suceda por dos razones: la primera es que no creo en la idea de forzar a una mujer para tener sexo con ella y la segunda es que te sientes tan atraída por mí como yo por ti. Y eso es algo que no ha cambiado durante los cinco años que hemos estado separados.

–Estás imaginando cosas. Te odio. Detesto cada minuto que tengo que pasar contigo.

La boca de Marc se curvó en una perezosa sonrisa.

–Entonces tal vez cuanto antes hagamos el amor, mejor. ¿Quién sabe? Puede que me canse de ti dentro de una o dos semanas.

–Ojalá –murmuró ella.

Él le agarró la mano y le recordó que tenía muchas más posibilidades de ganar la batalla. Los ojos le ardían mientras la contemplaba.

–Creo que es hora de que dejes de jugar conmigo, Ava. Sé lo que estás haciendo. Todos esos secretitos y mentiras tienen un propósito, ¿verdad?

Ava apretó los dientes mientras intentaba soltarse.

–Yo no estoy jugando a nada. Si hay alguien culpable de eso, ése eres tú, que me ha chantajeado para que vuelva a tu vida.

Marc se levantó de la mesa.

–Puedes marcharte en cuanto quieras, Ava. Pero si te vas, no te llevarás ni un penique. Lo único que te llevarás son un montón de facturas que tu marido dejó sin pagar. ¿Me he explicado bien?

Ella se negó a responder; lo odiaba con todas sus fuerzas.

–¡He dicho que si me he explicado bien! –le gritó.

Ava se puso de pie, furiosa, y su silla se cayó al suelo.

–¡Ni se te ocurra alzarme la voz! –le dijo mirándolo fijamente.

Celeste salió corriendo al oír el golpe, pero Marc la hizo retirarse con una mirada que habría parado a un tren, y mirando con ira a Ava, añadió:

–No deseo que nuestra relación vaya así –dijo haciendo el esfuerzo de bajar la voz–. Aprenderás a respetar aunque tenga que pasarme cada hora del día enseñándotelo.

–¿Y entonces cómo va a ir nuestra relación? ¿Tú insultándome a cada oportunidad y juzgándome como si nunca hubieras hecho nada malo en tu vida? Tu hipocresía me revuelve las tripas. Has cometido muchos errores, Marc. La diferencia es que tú no los reconoces.

Cuando pasó por delante de él para salir de la terraza, Marc no dijo ni una palabra. Se quedó bebiendo su café y contemplando la brillante agua del océano.

Capítulo 4

AVA PASÓ el resto de la mañana en su habitación ocupando el tiempo arreglando su armario, una tarea que podría haberle asignado perfectamente a Celeste, pero que le vino muy bien para calmar su atribulado estado mental.

Cuando bajó para almorzar, Celeste la informó de que Marc se había marchado y que no volvería hasta después de la cena. En ese momento, se sintió relajada.

El calor del día la animó a darse un baño en la inmensa piscina que Douglas había construido en los jardines de la parte trasera de la villa. Era uno de sus rincones favoritos de la casa, ya que la pantalla que formaban los árboles le daba privacidad mientras nadaba. El sol quemaba, pero el agua que la salpicaba a cada brazada que daba era como seda fría, y sentir cómo se deslizaba ese agua por su cuerpo la hacía sentirse libre.

No estaba segura de en qué momento se dio cuenta de que no estaba sola. Al principio fue una especie de cosquilleo en la nuca, la sensación de estar siendo observada, pero cuando se detuvo no vio a nadie. Sin embargo, en su último largo sí que vio a Marc sentado en una de las tumbonas y con un aspecto magnífico en bañador. Cada músculo de su abdomen parecía estar tallado en mármol. No había ni un gramo de grasa en él y eso dejaba claro que hacía deporte de forma regular. Estaba incluso más delgado y esbelto que en el pasado.

–Nadas bien –dijo mientras se levantaba las gafas de sol y se las colocaba encima de la cabeza.

–Gracias –respondió ella, que salió de la piscina intentando no mostrarse cohibida por el hecho de estar en biquini.

Cuando fue a la otra tumbona, donde había dejado su toalla, fue consciente de que Marc tenía los ojos posados en ella y el calor de su mirada fue más intenso que el que desprendía el sol de la tarde. Se cubrió con la toalla antes de girarse hacia él.

–Celeste me había dicho que no volverías hasta la noche.

Él se colocó las manos detrás de la cabeza mientras se estiraba en la tumbona y el movimiento hizo que sus bíceps se vieran en todo su esplendor.

–He terminado lo que tenía que hacer antes de lo esperado.

–¿Estabas espiándome?

Marc cruzó los tobillos y con una indolente actitud la recorrió con la mirada.

–¿Estabas pensando en una ruta de escape?

–¿Hay alguna que podría usar?

Él sonrió.

–No –se recostó más todavía–. He pensado en todo, *cara*. No tienes más elección que quedarte conmigo o afrontar las consecuencias de las deudas que te ha dejado tu difunto esposo.

–Si voy a tener que estar atada a ti indefinidamente, me gustaría hacer algo para llenar mi tiempo. Cuando vivía con Douglas, lo ayudaba con algunos aspectos del negocio.

Marc se levantó de la tumbona y volvió a ponerse las gafas.

–Pues no debiste de atenderlos muy bien porque, de lo contrario, habrías visto cómo estaban las cosas y los habrías dejado a él y a su barco hundido hace mucho tiempo.

Marc se acercó y Ava vio que no tendría escapatoria a menos que saltara a la piscina.

–E... eso es porque hacia el final, cuando se puso enfermo, lo dejé todo en manos de sus contables y cuidé de él.

–¿Por qué no lo dejaste mientras pudiste? ¿O es que él no te dio esa elección?

–Te sorprendería, pero sí, me dio la posibilidad, aunque yo sentí que se lo debía. No tenía a nadie. No estaba unido a sus hijos y eso le dolía mucho. Me sentía mal por él. No quería morir solo.

Aunque Ava no podía ver los ojos de Marc ocultos tras las gafas, sí que podía sentir el cinismo de su mirada.

–¿Esperas que me crea que lo cuidaste personalmente?

–Era lo mínimo que podía hacer. Después de todo, había sido muy bueno conmigo.

–Oh, sí. Es verdad que fue muy bueno contigo. Al parecer te pagó una pequeña fortuna, ¿dónde está ahora, Ava? ¿Dónde está todo ese dinero que te ha pagado a lo largo de estos años?

–Eso no es asunto tuyo –dijo retrocediendo instintivamente y olvidando la piscina que tenía detrás.

Se tambaleó durante un segundo antes de que Marc la agarrara por los brazos. La toalla se le cayó al agua, pero ella ni se inmutó; estaba demasiado pendiente de lo cerca que se encontraban y de cómo estaba reaccio-

nando su cuerpo ante él. Sus caderas estaban separadas por escasos centímetros y tuvo que contener la
tentación de acercarse y sentir su erección.

–Se han enviado grandes cantidades de dinero
desde tu cuenta a la de tu hermana en Londres. ¿Quieres decirme para qué era ese dinero o voy a tener que
investigarlo yo con el riesgo de avergonzar a tu hermana, a tu cuñado o a ambos?

–¿Cómo te atreves a invadir mi intimidad y la de
mi hermana?

Él la agarró con más fuerza cuando Ava intentó apartarse, pero debió de pisar mal porque de pronto cayó al
agua arrastrándola a ella tras él.

–¡Lo has hecho a propósito... bestia! –le gritó al salir a la superficie.

Marc, que había perdido sus gafas de sol, la agarró
de las muñecas y la acercó hasta su cuerpo. El cuerpo de
Ava parecía seda, era suave y sensual mientras rodeaba
al suyo con sus piernas para mantenerse a flote. Él disfrutó de cada instante, podía notar su cuerpo contra su
erección y también podía notar que Ava estaba conte-
niéndose, a pesar de desearlo. Por eso se lo puso fácil
y decidió por ella: agachó la cabeza y la besó.

En cuestión de segundos, y mientras sus lenguas
bailaban entrelazadas, ella lo rodeó por el cuello a la
vez que Marc la llevaba hasta la zona de la piscina menos profunda.

Marc notó la sangre correr con fuerza por sus venas
y resonar en sus oídos hasta que ya sólo pudo pensar
en hundirse en su húmeda calidez de terciopelo. Había
querido esperar, había querido que ella le suplicara, y
no al revés, pero su cuerpo ardía con un deseo tan intenso que era como si esas llamas estuvieran consu-

miéndolo. Todo su cuerpo palpitaba y la poderosa atracción que siempre había sentido por ella parecía haberse intensificado ahora que finalmente la tenía en sus brazos. Nunca había estado tan cerca de perder el control. La idea de llegar al clímax dentro de ella, de sentirla vibrar alrededor de él lo excitó enormemente.

Ava sintió el borde de la piscina contra su espalda cuando el cuerpo de Marc presionó el suyo mientras la buscaba y su poderosa erección hacía que se le derritieran los huesos. Seguían besándose, sus manos estaban enredadas en su moreno pelo y sus piernas lo rodeaban por la cintura.

–Te deseo –gimió él contra su boca mientras le desabrochaba la parte de arriba del biquini–. Te deseo.

Ava apenas fue consciente de que esa prenda estaba flotando en el agua cuando las manos de Marc se posaron sobre sus pechos. Se le aceleró el pulso, la excitante emoción de verse de nuevo en sus brazos iba más allá de lo que se habría imaginado. Había más calor, más urgencia, y más pasión que nunca mientras intercambiaban besos y ambos perdían el control.

Ella dejó de acariciarle el pelo y se encargó del cordón de su bañador de modo que al instante, entre sus manos, palpó la longitud y el ardiente calor de su erección. Lo acarició debajo del agua; sabía lo que le gustaba, la intensidad, el ritmo y hasta dónde podía llegar. Adoraba sentirlo así, tan fuerte y vulnerable a la vez.

Cuando él le desabrochó la parte de abajo del biquini, Ava contuvo la respiración. Ya no había vuelta atrás. Podía sentirlo en su cuerpo, que palpitaba de deseo contra el suyo. Nunca antes habían hecho el amor bajo el agua y estaba siendo una experiencia de lo más sensual que rozaba lo prohibido.

Se abrió como una flor, respirando entrecortada-
mente antes de que él se adentrara en ella con tanta
fuerza que se arañó la espalda con las baldosas de la
piscina. Olas de placer la recorrían cada vez que él se
hundía en ella, con brusquedad, con rapidez, más y más
fuerte cada vez hasta que comenzó a sentir esa agradable tensión que con sólo un poco más de fricción quedaría completamente liberada. Se sacudía contra él instintivamente, descaradamente, según iban aumentando
las exquisitas sensaciones. Mordió el hombro de Marc
para contener un grito mientras el éxtasis se apoderaba
de su cuerpo y, cuando bajó flotando de la cima del placer, lo oyó gemir y estallar dentro de ella.

Al instante, Marc se apartó, se pasó una mano por
el pelo y la miró fijamente.

–Lo siento –dijo él–. Esto no tendría que haber pasado, o al menos, no sin protección.

Ava reunió todo su orgullo, algo que no era fácil
teniendo en cuenta que las dos piezas de su biquini
flotaban al otro lado de la piscina como un pulpo de-
forme. ¿Cómo había dejado que la utilizara? ¿Dónde
estaba su autocontrol? Marc acababa de mostrarle cuál
sería su lugar en su vida: un juguete sexual al que podía tener acceso siempre que quisiera y ella le había
dado razones para pensar que estaba más que dispuesta a participar en ese juego. Ni siquiera había tenido la sensatez de decirle que utilizara protección.

–¿Querías enseñarme cuál era mi lugar? –le preguntó ella.

–Ava, esto iba a pasar de todos modos. Tal vez había
sido más sensato haberlo hecho dentro de casa y con menos prisas, pero no es algo que podamos cambiar. Te lo
recompensaré. Vamos dentro y te lo demostraré.

Ella lo fulminó con la mirada antes de girarse y salir de la piscina.

–No, gracias.

Marc salió detrás y la agarró del brazo.

–Espera, Ava. Deja que te vea la espalda. Debe de dolerte.

Ella intentó apartarle la mano de un golpe.

–Apártate de mí. Está claro para qué estoy aquí. Para complacerte, de cualquier forma y en cualquier lugar y en el momento que quieras. Puede que Douglas tuviera sus defectos, pero él nunca me hizo sentir así.

Marc sintió como si cada una de esas palabras que estaba dirigiéndole fueran flechas letales, pero no dejó que eso se reflejara en su rostro.

–Tú también has sentido placer, Ava, ¿o vas a negarlo?

Ella le lanzó una gélida mirada.

–Piensa lo que quieras. Puede que haya fingido.

Mark se rió.

–Entonces ha sido una magnífica actuación, Ava –se pasó una mano sobre la marca que los dientes de ella le habían dejado en el hombro–. Pero conozco tu cuerpo y reconozco un orgasmo cuando lo siento, tanto los tuyos como los míos.

Los ojos de Ava brillaban de odio, su cuerpo casi vibraba por el esfuerzo de contener su furia, y Marc se preguntaba si estaba furiosa con él o consigo misma por haber reaccionado de ese modo tan desinhibido. Tal vez ella había querido insultar a su orgullo conteniendo su placer, pero había sido una explosión de sensaciones tan poderosa que la había tomado por sorpresa, igual que a él. Su cuerpo aún palpitaba por haberla tenido entre sus brazos de nuevo y no podía esperar a repetir la experiencia, una y otra vez.

Pero había preguntas que requerían respuestas.

Agarró su toalla y la enrolló alrededor de sus caderas.

–No has respondido a mi pregunta. ¿Por qué le diste a tu hermana el dinero que Cole te daba?

–Eso es algo entre Serena y yo.

Marc apretó la mandíbula mientras sostenía su fiera mirada.

–¿Tiene algún problema con las drogas o con el juego?

–Eso es muy propio de ti, pensar lo peor antes de que se te ocurra otra posibilidad.

–Si no hay nada que ocultar, entonces ¿por qué no me dices para qué ha necesitado tu ayuda económica? –odiaba no estar al tanto de todo, no iba a permitirlo.

Ella se quedó mirándolo unos segundos antes de agachar la cabeza.

–Serena no puede tener hijos o, al menos, no de un modo natural. He estado ayudándolos a pagar los tratamientos de fecundación in vitro.

Marc se preguntó por qué Ava había querido mantenerlo en secreto. Era un gesto maravilloso por su parte y, dado el modo en que se la había retratado en la prensa, no entendía por qué no había utilizado esos buenos actos para limpiar su reputación. Estaba claro que eso habría hecho que cambiara la opinión de la gente. Sin embargo, seguro que había querido respetar la intimidad de su hermana y de su marido, al que Marc sólo había visto en una ocasión, y quien le había parecido un caballero inglés conservador a quien no le agradaría ver su vida íntima en los periódicos.

–Gracias por decírmelo. No se lo diré a nadie, si eso es lo que quieres.

Ava volvió a mirarlo.

–Mi hermana ha sufrido mucho estos años. No sólo por el tema de la fertilidad, sino mucho antes. Perder a nuestra madre fue duro para las dos, pero creo que Serena, al ser algo más joven, lo sintió más, sobre todo cuando nuestro padre volvió a casarse tan rápido. Intenté protegerla todo lo que pude, pero no siempre lo logré.

Marc la escuchaba con atención. Ava parecía estar culpándose por no haber hecho un trabajo para el que era demasiado joven en aquella época. Nadie podría reemplazar a su madre. Él lo sabía, la pérdida de la suya lo había afectado mucho, a pesar de que las circunstancias eran completamente diferentes. Eso le hizo preguntarse hasta dónde llegaría Ava para proteger a su hermana y si su matrimonio con Cole se había debido a la misma razón. No era agradable pensar que él había sido igual de despiadado que fue aquel hombre al forzarla a estar a su lado. Ava se había sacrificado una y otra vez a cambio de la felicidad de su hermana. Marc siempre había sabido que Douglas Cole era un personaje de dudosa reputación, pero él había actuado casi igual al insistir en que volviera a ser su amante. Estaba tan acostumbrado a verla como la culpable, la traidora, la ramera que lo había abandonado por otro hombre, que no se había parado a pensar que ella podría haber tenido otras razones para actuar del modo que lo había hecho. No era de extrañar que Ava lo odiara con tanta vehemencia. Aunque se hubiera rendido ante el deseo, igual que había hecho él, no significaba que sintiera nada por él. ¿Por qué iba a ha-

cerlo? La había juzgado sin piedad, la había chantajeado y prácticamente la había privado de su libertad.
No sabía cómo podría resarcir el daño que le había hecho. Necesitaba tiempo para pensar. No estaba acostumbrado a verse arrastrado por una marea de emociones, siendo la culpa la primera de ellas. Hacía que
se mostrara a la defensiva, como si necesitara construir un muro a su alrededor hasta que pudiera salir del
embrollo que había organizado, para así saber adónde
ir y qué hacer.

Observó en silencio mientras Ava continuaba:

–Sólo quiero que Serena sea feliz. Pasó por una experiencia terrible cuando era una adolescente. Su primera cita abusó de ella sexualmente y tardó años en
superarlo. Me preocupaba que fuera a... terminar con
todo, pero por suerte logré encontrarle la ayuda que
necesitaba. Durante todo ese tiempo nuestro padre no
fue de ayuda y nuestra madrastra fue mucho peor.
Pensaban que se lo había inventado todo para llamar
la atención.

–Eres una hermana muy entregada, Ava. No sabía
todo lo que habías hecho por ella. Lo siento.

–Serena quiere un bebé más que nada en el mundo
y por fin ha encontrado un hombre que la adora. Richard es tan cariñoso y tierno, es perfecto para ella.
La amaría con o sin familia, pero ella está decidida a
darle un hijo.

–Supongo que es algo que significa mucho para
una mujer –dijo Marc–. Es la típica cosa que uno se
toma a la ligera... me refiero a la fertilidad.

–Sí, sí... supongo que sí...

Se hizo un silencio.

–Sé que te lo he preguntado antes, pero viendo lo

que ha pasado en la piscina hace unos minutos... –Marc se aclaró la voz–. Estás tomando la píldora, ¿verdad? Si no te acostabas con Cole, no habría necesidad de que la hubieras tomado, a menos, claro que hubieras estado con otros hombres.

Ella se sonrojó, pero Marc no supo si era de furia ante el hecho de que le hubiera recordado la pasión que acababan de compartir, o si era de vergüenza por hablar de algo tan personal. No había sido exactamente remilgada con él en el pasado, de modo que suponía que seguía furiosa por el hecho de que él le hubiera demostrado que, a pesar de negarlo, no podía resistirse a él.

Marc también tenía que admitir estar un poco molesto consigo mismo por no contenerse ya que eso le daba a ella poder, la clase de poder que no quería que tuviera Ava. No quería que supiera que seguía causando un abrumador efecto sobre él. Dado el modo en que la había tratado, ¿qué evitaría que utilizara eso en su contra? Ella podía ir a la prensa y destruirlo con unos cuantos párrafos. ¿Lo haría? ¿Podía permitirse confiar en ella? Porque ahora mismo Ava tenía más razones que nunca para intentar destruirlo.

–Entiendo que estés enfadada conmigo, y no te culpo. He interpretado mal muchas cosas, en parte por mi arrogancia y en parte debido a los secretos que no tenías por qué guardar. Pero mientras que no has tenido relaciones sexuales con Cole, ¿cómo puedo saber que no las has tenido con otros hombres?

–No tienes que preocuparte por nada. No he estado acostándome por ahí con nadie, pero, claro, podrías decidir no creerme.

Marc sabía que se merecía ese trato, pero no podría

haber descansado tranquilo hasta no haberle hecho la pregunta. Iba a llevarle un tiempo procesar todo lo que ella le había dicho. En el pasado no le había hablado de la situación de su hermana, pero él tampoco le había hablado casi nada de su pasado. Por aquel entonces, su relación había estado basada en el sexo y en poco más, o al menos desde su punto de vista. Sabía que Ava había querido más, pero él había rechazado el matrimonio desde que había visto lo que le había pasado a su padre. Había sido angustioso ver a un hombre adulto como su padre totalmente destrozado por el abandono de su mujer y había jurado, siendo muy pequeño, que nunca permitiría que su corazón entrara en ninguna relación con las mujeres. Y se había mantenido fiel a su palabra. Siempre había mantenido las relaciones en un tono casual, sin compromisos, o al menos hasta que apareció Ava. Ella fue la primera mujer a la que no había podido olvidar. Lo enfurecía y frustraba no haber sido capaz de seguir adelante sin ella. Si hubiera actuado como un adulto sensato, nada de eso habría pasado. Debería haber aceptado su decisión de terminar la relación, pero el problema era que la había deseado mucho. Y aún la deseaba. Se preguntó si alguna vez dejaría de hacerlo.

–Utilizaré preservativos en el futuro, sólo para asegurarnos de que no haya accidentes –dijo quizá con menos delicadeza de la requerida–. No quiero sorpresas desagradables.

–¿Crees que yo haría algo así? –le contestó ella indignada.

Marc se agachó para sacar su bañador del agua y se lo puso sin recato alguno.

–Esas cosas pasan. Conozco a varios hombres que

de pronto han visto cómo sus vidas quedaban patas arriba por un caso de paternidad de manos de alguna ex amante.

Ava agarró con fuerza su toalla.

–Ésta es una pregunta totalmente hipotética sobre algo muy improbable, pero ¿y si me quedara embarazada, qué esperarías que hiciera?

Él terminó de atarse el cordón de su bañador antes de responder.

–Lo primero de todo, esperaría que me lo dijeras lo antes posible.

–¿Por qué? ¿Para poder tomar la decisión por mí?

–No pongas palabras en mi boca que yo no he dicho, Ava. Simplemente digo que me gustaría saberlo lo antes posible. En cuanto a tu decisión... bueno, siempre he pensado que en estos casos es la mujer la que decide ya que al fin y al cabo es su cuerpo el que está involucrado.

–Yo jamás pensaría en abortar. Creo que eso tienes que saberlo desde el principio.

–Y yo no te pediría que lo hicieras. Sobre todo, dado el problema que está sufriendo tu hermana.

Ava quedó sorprendida por la empatía en su voz cuando hablaba de su hermana. Se mordió el labio y se sentó en la tumbona.

–Por lo menos Serena tiene a Richard a su lado –dijo para llenar el silencio que se había creado.

–¿Cuántas veces lo han intentado?

Ella se encogió de hombros.

–Ya he perdido la cuenta... seis... tal vez siete. El último aborto... ha sido el peor. Todo iba tan bien y de pronto... –volvió a morderse el labio.

Marc le puso una mano sobre el hombro y sintió

un cosquilleo cuando su palma entró en contacto con su sedosa y suave piel.

–No es culpa tuya que tu hermana no pueda tener hijos. Me parece que tú estás olvidándote de ti misma para asegurarte de que ella tiene posibilidades de tener una familia.

Ella lo miró.

–¿Por qué nunca te han gustado los niños?

Él apartó la mano de su hombro y se fue al otro lado de la terraza.

–He visto lo que pasa cuando los niños están en medio de los tira y afloja de sus padres. No quiero ser responsable de esa clase de daño emocional.

Después de un largo silencio, Ava se levantó de la tumbona.

–Estoy empezando a quemarme con el sol. ¿Te importa si paso dentro a darme una ducha?

–Ava, no tienes que pedirme permiso para todo.

–¿Ah, no? –le preguntó con cinismo.

Él sostuvo su mirada desafiante.

–No eres mi esclava, eres mi amante.

–¿Y hay alguna diferencia? –le preguntó con esa mirada altanera que había perfeccionado y que hacía que Marc tuviera que contenerse para no abrazarla y besarla hasta dejarla sin sentido.

–Lo que ha pasado aquí hace unos minutos no ha terminado. Es más, está empezando. Si no tienes cuidado, *ma petite*, te lo demostraré aquí y ahora mismo.

Ella se dio la vuelta y entró en la villa, dejando a Marc envuelto en su fragancia que la brisa estaba arrastrando.

Capítulo 5

AVA SE quedó sorprendida cuando bajó a cenar y vio que Celeste había preparado la enorme mesa de comedor para un solo comensal.

–¿El... el *signor* Contini no va a cenar aquí esta noche? –le preguntó al ama de llaves.

Celeste estiró una arruga que había en el mantel blanco.

–Ha dicho que tenía unos asuntos que atender en su oficina.

–No sabía que tuviera una oficina en Montecarlo –respondió Ava extrañada mientras se sentaba.

–Aún no la tiene, aunque creo que está organizándolo todo para establecerla. Ha salido hacia Londres hace una hora.

Ava intentó no mostrar lo mucho que la había afectado la noticia, pero aun así se sintió como si le hubieran dado una patada en el estómago. La atención que había recibido de él esa misma tarde en la piscina había removido sus sentidos, que aún seguían intentando recuperarse. Oír de boca de otra persona que había volado hacia Londres le hizo más daño del que debería. ¿Estaba mostrándole deliberadamente la posición que él quería que ocupara en su vida? Ella no era más que un juguete que él manipulaba a su antojo. Los negocios eran lo primero, igual que antes, y ella era una amante a tiempo parcial. Sin embargo, ése era un papel que Ava había jurado no volver a desempeñar nunca.

Marc no podría haber elegido una herramienta más efectiva para que desconfiara de él, para saber que no estaba segura formando parte de su vida: le había hecho el amor apasionadamente y al instante se había marchado.

–¿El *signor* Contini le ha dicho cuándo espera volver? –le preguntó a Celeste mientras la mujer le llevaba el primer plato en una bandeja.

–Ha dicho que la llamaría en un día o dos –respondió Celeste–. Ha dejado su información de contacto; está junto al teléfono en la biblioteca, por si la necesita.

Ava tamborileó los dedos sobre la mesa una vez que el ama de llaves se hubo marchado. Estaba decidida a no llamarlo. Seguiría adelante con su vida como si él no estuviera.

A la mañana siguiente, Ava salió de la villa y se tomó su tiempo para ir de compras y pararse a tomar un café y unos bollos antes de dirigirse a un salón de belleza donde se dio el capricho de una sesión de peluquería, de una manicura y una pedicura. Salía del establecimiento cuando se topó con la mujer del director de los negocios de Douglas, una mujer de treinta y pocos años que vestía... y actuaba... como si tuviera la mitad.

–¡Ava! –gritó Chantelle Watterson antes de darle dos besos–. Estás absolutamente maravillosa. Y no me extraña, ¿eh?

–Eh... bueno... acabo de salir de la peluquería y me he hecho una manicura y...

Chantelle echó atrás su melena rubia de bote y se rió.

–Muy gracioso, querida, muy gracioso. Estoy hablando de tu nuevo amor. Está como un tren y es mucho más joven que Dougie. Lo he leído en los periódicos. Me da tanta envidia, ¡ni te lo imaginas! A Hugh ya empiezan a notársele los años, y no sólo en su aspecto... ya me entiendes. Y bueno, no es que me importe... me mantengo ocupada –le guiñó el ojo.

Ava se forzó a sonreír.

–Hugh siempre ha estado estupendo para su edad.

–Si no fuera por su dinero, no seguiría con él –le confesó Charnelle mientras se enganchaba a ella con un brazo demasiado delgado y demasiado bronceado–. ¿Sabes? Creo que es hora de que nos tomemos una copa para celebrar tu nueva vida.

–La verdad es que tengo que irme. Marc estará esperándome.

Los ojos verdes de Chantelle brillaron.

–Mentirosa –dijo–. Ahora mismo está en Londres con Hugh. Tiene algo que ver con el traspaso de la empresa de Dougie. Hugh estaba bastante preocupado, pero supongo que Marc no te habla de negocios, ¿verdad?

Ava apretó los labios.

–Apenas hemos tenido tiempo para hablar de nada.

–Sí, bueno, Hugh me dijo que Marc Contini actúa muy deprisa cuando quiere algo. Pero un consejo... a los hombres como Marc les gusta que las cosas se hagan a su modo, sólo a su modo. Si yo fuera tú, no montaría un número si Marc tiene relaciones a tus espaldas o delante de tus narices. Sé que Hugh ha tenido varias aventuras, pero ¿qué sentido tiene hundir el barco cuando va en la dirección que tú quieres que vaya?

Ava estaba deseando alejarse de esa mujer y de su cinismo de cazafortunas. Se sentía corrompida sólo por el hecho de estar a su lado.

–Mira, Chantelle, tengo que irme. Las cosas no son como crees entre Marc y yo. Ya estuvimos juntos en el pasado y ahora intentamos recuperar la relación. No me gustaría que ni tú ni nadie se hiciera una idea equivocada. Ya sabes cómo me ha tratado la prensa.

Chantelle sonrió, mostrando unos dientes excesivamente blanqueados.

–Lo comprendo perfectamente, querida. Marc Contini es muy rico y muy sexy. Serías tonta si dejaras que se te escapara de las manos. Que te ponga un anillo en el dedo enseguida. La prensa puede decir lo que quiera, pero una vez que seas legalmente su mujer, te dejarán tranquila. Eso es lo que me ha pasado a mí, al menos.

–No tenemos intención de casarnos ahora mismo –dijo Ava, y le dolió pronunciar esas palabras en alto.

Chantelle le dio una palmadita en el brazo.

–Entonces intenta hacerle cambiar de opinión –le dijo guiñándole un ojo.

Ava aprovechó para huir cuando otra conocida de Chantelle salió del salón de belleza y la distrajo.

De camino a la villa sintió náuseas ante la idea de que la relacionaran con alguien tan egoísta y superficial como Chantelle Watterson. Siempre había odiado que la gente pensara que había estado con Douglas Cole por las mismas razones por las que Chantelle se había casado con Hugh Watterson. Pero por el bien de Serena había intentado sobrellevarlo y por aquel entonces había estado segura de que tarde o temprano acabaría trasladándose a la otra punta del mundo para olvidarse de todo.

Douglas la había informado desde el principio de su cáncer de vejiga, pero no había querido que nadie más lo supiera para salvaguardar su negocio; decía que le preocupaba que los inversores se retiraran si sabían que padecía una enfermedad terminal. Al contárselo, le había dicho que le habían dado menos de dos años de vida, pero al final había logrado vivir cinco. Ava solía preguntarse si le había mentido al respecto, pero ahora daba igual, ya no tenía posibilidades de descubrirlo. Aunque esos cinco años habían sido como una cárcel en algunas ocasiones, sentía que había hecho lo correcto al quedarse a su lado y no dejar que muriera solo.

Otros tres días habían pasado sin saber nada de Marc cuando Ava empezó a rondar alrededor del teléfono de la villa y se aseguraba de tener conectado el móvil y llevarlo encima en todo momento. La enfurecía que él fuera capaz de tenerla en ascuas a pesar de que ella ya había decidido que seguiría con su vida normalmente. Sin embargo, el problema era que la villa parecía haberse apoderado de la esencia de Marc. Allá donde iba sentía su presencia. Incluso nadar en la piscina le hacía revivir cada sensación que él había despertado en ella. Lo sentía en su piel, lo sentía en su cuerpo, incluso sus músculos internos se retorcían ligeramente ante el recuerdo de él poseyéndola. La marca roja de su espalda ya casi había desaparecido, pero sus dedos seguían posándose encima y haciéndole recordar el momento en que Marc se había adentrado en ella con tanta brusquedad, como si no pudiera contener el deseo que sentía por ella. Sus pechos, también, anhelaban sus manos y su boca. Un día tras otro tenía que evitar pensar en él, contener sus emociones para que no se descontrolaran.

Después de nadar durante un rato, Ava se dio una ducha, se cambió y bajó a su salón favorito con vistas al puerto de Montecarlo. Se quedó junto al ventanal con los brazos cruzados y suspiró con una mezcla de aburrimiento y frustración.

–No me digas que me echas de menos después de sólo cuatro días.

La voz de Marc sonó detrás de ella.

Ava se giró tan deprisa que la habitación le dio vueltas. Se llevó una mano a la garganta, sentía como si se le fuera a salir el corazón por la boca.

–¿Cuándo has vuelto? –le preguntó con la voz entrecortada.

Él se aflojó el nudo de la corbata.

–Ahora mismo. Celeste salía de casa y me ha dicho que estabas aquí.

–Bueno, ¿cómo ha ido tu viaje a Londres? –le preguntó algo furiosa por el modo en que se había ido–. ¿Ha sido un asunto de negocios o de placer, o has logrado hacer una mezcla de ambos?

Él se acercó y se detuvo justo delante, sin tocarla pero lo suficientemente cerca como para que ella pudiera sentir el calor de su cuerpo.

–Como mi amante de pago, ¿crees que tienes derecho a preguntarme sobre mis movimientos cuando no estoy contigo? –le preguntó con frialdad.

Ava sintió la furia hincharse en sus venas, tanto que pensó que le explotarían. Levantó la barbilla en un gesto desafiante y lo miró con odio.

–Si tengo que serte fiel, quiero que tú hagas lo mismo. Es más, insisto en ello.

–Pareces demasiado firme al respecto. ¿Es que mi ausencia te ha hecho sentirte insegura en cuanto al papel que desempeñas en mi vida, *cara*?

Ava no iba a admitirlo a pesar de que era una dolorosa verdad.

–No voy a compartir mi cuerpo contigo a menos que esté absolutamente segura de que soy tu única amante –dijo con determinación.

Él la agarró de la barbilla y la miró fijamente.

–¿Quieres exclusividad?

–Sí. Y no permitiré otra cosa.

Él la devoró con la mirada y en medio de ese absoluto silencio Ava incluso pudo oír sus propios latidos. Su respiración también era entrecortada, sus pulmones no podían contener tantas emociones. No pudo evitar desviar la mirada a su boca y preguntarse si se acercaría para besarla. Si lo hacía, estaría perdida. Podía sentir el pulso del deseo latiendo muy en su interior. Lo había estado sintiendo todo el tiempo que él había estado fuera y también ahora que estaba ahí; tenía la sensación de que moriría sin la presión de sus labios sobre los suyos.

–Está bien, pero yo también tengo unas condiciones –dijo Marc–. Prohíbo que se te vea hablando con Chantelle Watterson. ¿Está claro?

Ava frunció el ceño ante el implacable tono de su voz.

–No es amiga mía, apenas la conozco.

–El día siguiente a mi marcha te vieron hablando con ella una media hora.

Ella se quedó boquiabierta.

–Me tienes vigilada, ¿verdad? Dios mío, es increíble Marc. Tengo derecho a mi privacidad.

Él le soltó la barbilla y se apartó para quitarse la chaqueta, que colgó en el respaldo del sofá antes de volver a mirarla.

–Hay cosas que estoy preparado a negociar en nuestra relación, pero cotillear con esa cazafortunas con la que Hugh Watterson fue tan tonto de casarse es lo último que te permito.

–Yo no cotilleo, y me la encontré de casualidad –insistió Ava–. Salía del salón de belleza y nos cruzamos cuando ella entraba.

–Pues no es eso lo que ella le ha contado a Hugh.

–Entonces, ¿prefieres creer lo que ella le ha dicho a él antes que lo que yo estoy diciéndote a ti?

–Lo único que te pido es que te mantengas alejada de ella, eso es todo. No quiero que la prensa saque una idea equivocada sobre tu relación con ella. Sé que no lo creerás, pero intento protegerte.

Ava volteó los ojos.

–Tienes razón, no te creo. Pensaba que la idea de este acuerdo era ocasionarle a mi reputación el máximo daño posible.

–Mira, Ava, sigo trabajando en unos asuntos. Cada vez tengo más claro que no he actuado con la propiedad que debiera, dadas las circunstancias. Está llevándome algo de tiempo ver las cosas desde tu perspectiva.

–Tómate todo el tiempo que quieras, pero dado el cinismo con que te tomas la vida, imagino que tardarás una década o dos en empezar a confiar en una mujer, y sobre todo en mí.

–No tenía planeado que nuestra relación durara tanto.

El cuerpo de Ava se sintió sacudido brutalmente

por ese cínico comentario y tuvo la sensación de ir a desmayarse.

–¿Algo va mal? –le preguntó Marc, que corrió a sujetarla cuando ella se tambaleó–. Te has quedado totalmente pálida.

–Es... estoy bien... –le apartó la mano y desvió la mirada de él–. Hoy no he comido mucho y ha hecho mucho calor.

–Celeste me ha dicho que no has estado comiendo bien desde hace semanas. ¿Crees que deberías ir al médico?

–No. Aún no me he recuperado de un virus estomacal que tuve cuando visité a mi hermana.

Marc esperó un momento antes de preguntar:

–¿Lo echas de menos?

–¿A quién?

Durante el tiempo que había estado fuera, Marc había estado preguntándose si, a pesar de la relación platónica que había mantenido con Cole, ella se habría enamorado en el fondo. Después de todo, había vivido con él durante cinco largos años y lo había cuidado hasta el día de su muerte. Todo el mundo del entorno de Cole con quien había hablado en Londres le había confirmado lo mucho que Ava había hecho por él y cómo se había asegurado en todo momento de que estuviera bien atendido a cualquier hora del día. Marc se había alejado para tomar perspectiva del asunto, pero había terminado más confundido aún sobre sus motivos. Ava McGuire se había casado con un hombre enfermo terminal, un hombre muy rico. Tal vez no se había acostado con él, pero eso no significaba que no fuera una cazafortunas.

–A tu marido –respondió, celoso.

–Sería una persona muy fría si pudiera vivir con alguien durante cinco años y no echarlo de menos cuando hubiera muerto. Merece que lamente su pérdida. Sé que era despiadado en los negocios y que no siempre hizo lo correcto con su familia, pero por lo menos intentó solucionar las cosas antes de morir.

Marc odiaba oírla alabar a un hombre que le había robado tanto. Odiaba pensar en las largas horas que había tenido que trabajar para volver a levantar su negocio después de que Cole le hubiera arrebatado el contrato por el que él tanto había luchado. Siempre había pensado que Ava había desempeñado un papel activo en esa traición, pero basándose en las pruebas que había reunido en los últimos días, parecía que lo más probable era que Cole hubiera hecho el trabajo solo. Cuánto sabía Ava sobre el modo en que la habían utilizado era algo que aún quedaba abierto a investigación. Aún había pilas de papeles por revisar, pero Marc estaba decidido a destapar cada motivación, tanto de Cole como de Ava. Había trabajado durante tanto tiempo para diseñar su venganza que había estado odiando a Ava durante cinco años; en lo único que había pensado era en tenerla donde él quería. Y ahora la ironía era que por fin la tenía donde tanto había querido y que, aun así, no era suya. Podía verlo en el modo en que lo miraba. El odio brillaba en sus ojos azules grisáceos con una fría intensidad. En el pasado lo había mirado con abierta adoración, tanto que para él había resultado una sensación algo agobiante, pero ahora daría lo que fuera por que los ojos de Ava se iluminaran con algo que no fuera odio.

–Hugh Watterson me ha dicho que Cole estaba volcado en ti y aun así niegas haber estado enamorada de él.

–Hay muchas clases de amor. El amor que uno siente por un padre, por ejemplo, es muy distinto al amor que se siente por un amigo o por un amante.

–¿Entonces el amor que sentías por él era más paternal que otra cosa?

Ella lo miró irritada.

–¿Podrías hablar sobre otra cosa, por favor? Como por ejemplo sobre por qué te has marchado a Londres sin decirme nada.

–Surgió un asunto de pronto y tuve que tomar el primer vuelo disponible. No tuve tiempo ni para hacer las maletas, así que mucho menos para discutir mis planes contigo. Al irme le dije a Celeste que te informara.

–Supongo que crees que es divertido hacerme quedar como una tonta delante del servicio.

–A mí me parece que tienes todo el apoyo del servicio. Y de Celeste en particular.

–Celeste lleva mucho tiempo en esta villa. Apreciaba muchísimo a Douglas, a pesar de todos sus defectos y ella, mejor que nadie, sabe lo mucho que hice por él.

Marc volvió a sentir celos al oír esas palabras.

–Sí, el servicio de Cole en Londres no ha dejado de decirme lo mismo una y otra vez. Les causaste una gran impresión a todos y te veían como una mujer entregada, cariñosa, generosa y sacrificada hasta el final.

–El sacrificio no es algo que te resulte familiar, ¿verdad? Tú siempre has antepuesto tus intereses y, por lo que he visto hasta ahora, esa costumbre no ha cambiado nada.

Él le impidió el paso con el brazo cuando Ava hizo intención de marcharse.

–No, aún no he terminado de hablar contigo.

Ava apretó los labios y, sin dejar de mirarlo, le clavó las uñas en el brazo.

Él maldijo y retiró el brazo antes de secarse con el pañuelo las gotitas de sangre que le había causado.

–Te han salido garras, *ma petite* –dijo él con tono calmado mientras le tocaba los labios con un dedo.

Ava sintió cómo la tensión de su espalda se disipaba ante el tacto de su piel. Se vio arrastrada por las oscuras profundidades de su mirada, mientras se hacía un silencio marcado por la tensión erótica que zumbaba a su alrededor como electricidad. Su cuerpo respondió a su cercanía, sus pechos se inflamaron, su vientre y sus zonas más íntimas palpitaron de deseo.

–No te enfrentes a mí, Ava –le ordenó suavemente y, al hacerlo, su aliento rozó los labios de ella–. ¿Por qué no me besas, mejor?

Ava bajó la mirada a la vez que sus talones subían para llevarla hasta la boca de Marc. Suavemente, presionó sus labios contra los de él sin apenas rozarlos e inhalando su aroma, su masculinidad, su calor.

Él la besaba con la misma suavidad, sin apenas presión, pero despertando en ella un fuego que la consumía por dentro. Sin embargo, su boca fue aumentando la presión poco a poco a la vez que le acariciaba la cara y el pelo.

Ava se acercó más a él, quería sentir su erección ahí donde más lo deseaba. Su cuerpo parecía estar intensamente vivo, cada parte de ella estaba cargada de deseo y preparada para responder y reaccionar ante Marc.

Él fue bajando la boca hasta su cuello y su pecho. Ella echó la cabeza atrás y se deleitó con el modo en que Marc estaba tomándose su tiempo para darle placer al máximo. Gemía mientras él iba desnudándola pieza a pieza y su corazón se aceleró de excitación.

Marc seguía completamente vestido. Ava le bajó la cremallera de los pantalones, pero él le apartó la mano.

–Aún no, *cara*. Ésta es mi oportunidad de demostrarte que no he olvidado cómo tomarme mi tiempo para complacerte.

Ava tembló cuando él la tumbó sobre el escritorio cubierto de piel; allí tendida, su cuerpo parecía un festín que él podía devorar. Estaba totalmente desinhibida; su deseo era demasiado intenso, había perdido demasiado el control como para pensar en cómo catalogaría ese íntimo acto cuando llegara la mañana. En ese momento quería que la complaciera, todo su cuerpo lo pedía a gritos y vibraba descontroladamente por ello.

Gimió cuando él comenzó a acariciarla con los dedos y ese lento movimiento hizo que su espalda se arqueara. Sintió su propia humedad, y eso hizo que todo resultara más excitante y erótico todavía.

–Eres preciosa –le dijo él–. Como una flor exótica abriéndose ante el sol.

Ava sintió su deseo aumentado cuando el cálido aliento de Marc la rozó. Contuvo la respiración mientras él la exploraba con la boca y el centro de su deseo se concentraba en ese punto perlado, fuente de una exquisita sensación que fue en aumento hasta invadirla por completo. No podía pensar más que en lo que él estaba haciéndole, en las sensaciones que estaba evocando en ella. Notó cómo se derrumbó en mil pedazos y cómo cada uno de ellos estalló como coloridos y brillantes fuegos artificiales explotando en una noche de cielo claro. Su cuerpo se estremeció, vibró y se sacudió de placer.

Pero en cuanto ese placer se desvaneció, la invadió una sensación de vergüenza. Se incorporó inmediatamente antes de bajar del escritorio y se agachó para recoger su ropa del suelo. No podía creer que hubiera vuelto a mostrarse tan libertina y, mucho menos, que hubiera vuelto a ser tan tonta. Al responder ante él de ese modo tan ardiente, se sentía como esa cazafortunas de la que él había hablado. Había actuada como una gata en celo abriendo sus piernas sin dudarlo cada vez que él la tocaba. ¿Tanto poder ejercía sobre ella?

–¿Qué estás haciendo?

–¿Qué crees que estoy haciendo? –respondió ella tirando de su sujetador, atrapado bajo el pie de Marc.

Él se agachó y lo recogió.

–Pareces tener mucha prisa por irte.

–La fiesta ha terminado, ¿no? ¿O tengo que ofrecerte algún servicio?

–Ava, no hay necesidad para toda esta petulancia.

Ella se apartó el pelo de la cara al mirarlo.

–¿No vas a empeorar las cosas mil veces más preguntándome si he hecho esto con alguien más?

Él apretó la mandíbula mientras por su cabeza pasaban imágenes de ella sobre un escritorio y retorciéndose bajo las caricias de otro.

–No, la verdad es que no iba a preguntártelo. Sé que no te acostabas con Cole; ésa es otra cosa que he descubierto gracias a Celeste. Cole era impotente y lo había sido durante muchos años como consecuencia de la operación a la que se había sometido por el cáncer.

Ava apretó los labios mientras buscaba sus zapatos

y se maravillaba en su interior por la cantidad de información que Marc había logrado sonsacarle a una de los miembros del servicio más leal y discreta. La hacía sentirse incómoda pensar que él tenía acceso a detalles tan íntimos. ¿Y si descubría la verdadera razón por la que se había casado con Douglas? Se suponía que Celeste no sabía nada, a menos que Douglas se lo hubiera contado en los últimos momentos de su enfermedad a modo de confesión en el lecho de muerte. Si Marc lo descubría, ¿cómo podría confiar en que no se lo contara a Serena? ¿Y si utilizaba a su hermana para recuperarla?

–Respóndeme una cosa. ¿Sabías que era impotente cuando te pidió que te casaras con él?

Ava estaba parcialmente vestida y al borde de las lágrimas.

–No entiendo qué interés puede tener eso –dijo ella mientras buscaba sus zapatos–. ¡Por el amor de Dios! –murmuró con frustración–. ¿Dónde están mis zapatos?

–Están aquí –dijo él al dárselos–. Responde a la pregunta, Ava. ¿Sabías todo lo que le sucedía a Cole cuando te pidió que fueras su esposa?

Ava agarró su ropa y se la llevó contra el pecho.

–Me dijo que se moría –respondió sin mirarlo del todo–. Me dijo que le quedaban dos años como mucho.

–Pues debiste de ser una mujer mucho mejor de lo que se esperaba porque lo mantuviste con vida tres años más.

–¿Has terminado ya, Marc? –le preguntó ofendida–. ¿O tienes que pedirme algo más ya que soy tu amante de pago? Puedo arrodillarme, si quieres, y devolverte el favor, ¿o preferirías un revolcón rapidito por el suelo?

Él se quedó mirándola un momento antes de hablar.

–No entiendo por qué te muestras tan irritada con este acuerdo. Que yo sepa, no es muy distinto al acuerdo que tenías con Cole, a parte de por un pedazo de papel.

Las lágrimas volvieron a los ojos de Ava, pero las contuvo.

–Todo es diferente en el acuerdo que hay entre nosotros. No tienes idea de cuánto.

–¿Por ejemplo?

–Me odias –lo dijo como un desafío y deseó que él lo negara, pero cuando no dijo nada, se sintió de nuevo como si la hubiera abofeteado.

Se le cayó uno de los zapatos, pero antes de poder recogerlo, él se agachó y se lo dio.

–Gracias –le dijo con tirantez.

–Si es por la cantidad que te pago, no tienes más que decirlo –le dijo Marc al cabo de otro incómodo silencio.

Ava lo miró sabiendo que, si no se marchaba pronto, acabaría llorando como una niña.

–No tiene nada que ver con el dinero.

Él enarcó las cejas cínicamente.

–Difiero, *ma petite,* porque se debe al dinero. ¿Estás olvidando las deudas que te dejó Cole? Por eso tuve que ir a Londres con tanta premura. Hugh Watterson, el director de los negocios de tu difunto marido, ha estado manipulando los libros de cuentas.

Ava se quedó mirándolo sorprendida.

–¿Estás seguro de que Hugh es culpable? ¿Tienes pruebas?

–Claro que tengo pruebas. He puesto a trabajar a mi equipo legal para destapar cualquier discrepancia y estoy seguro de que encontraré cientos. Hugh es un contable muy inteligente. Durante los últimos meses ha estado metiendo dinero en cuentas donde era imposible seguirle el rastro –le levantó la barbilla para que lo mirara a los ojos–. ¿Es algo que planeasteis las dos?

–¿De qué estás hablando?

Él no dejó de mirarla.

–De ti y de Chantelle Watterson. Cuando se vio acorralado, Hugh dijo que lo había hecho por su mujer, para mantenerla en el nivel de vida al que se había acostumbrado. Ella y tú sois muy parecidas, ¿verdad? Las dos os engancháis a hombres más mayores, vivís una vida llena de lujos con la esperanza de que mueran algún día y os dejen la fortuna. Qué pena que no quedara nada para ti en el bote cuando Cole murió mientras aún eras guapa y joven para empezar de nuevo.

–Eso que dices es asqueroso. Nunca he querido nada de Douglas.

«Al menos, no para mí», pensó.

–Bueno, eso no es verdad, Ava. Jamás te habrías casado con él si no hubiera sido asquerosamente rico y un enfermo terminal.

–Me propuso una oferta que me vi obligada a aceptar. Y, de todos modos, fue más de lo que tú nunca me ofrecerás.

Él sonrió, pero bajo esa sonrisa había una furia que parecía estar ocultándose, esperando para saltar y atacar.

–Siempre he sido totalmente sincero en cuanto a lo que estaba dispuesto a darte y te he dicho que el matrimonio no es una opción para mí.

–El compromiso no entra en tu naturaleza, ¿verdad,

Marc? Tú simplemente esperas que la gente se amolde a tus planes. Ahora, ¿puedo irme o quieres sacarle más provecho a lo que me pagas?

Marc se controló para no llevarla a sus brazos y hacerle el amor de todas las formas posibles. Su sangre ardía de deseo, pero asintió y se marchó.

–Te veo dentro de una semana. Tengo que volar a Zúrich por la mañana.

–De acuerdo –y tras una breve pausa, añadió–: Supongo que no quieres que vaya contigo.

Él le lanzó una mirada cargada de ironía.

–¿Aceptarías si te lo pidiera?

–No, no lo haría –respondió con frialdad.

Marc sonrió.

–Créeme, *cara*. Si quisiera que vinieras conmigo, no te atreverías a negarte –le dijo y antes de que ella pudiera responder salió del salón y cerró la puerta tras él.

Capítulo 6

AVA la enfureció enormemente que durante la semana que Marc estuvo en Suiza no la llamara. Pero, claro, no necesitaba hablar con ella para saber en qué ocupaba su tiempo y eso lo descubrió el día siguiente a su marcha, cuando salió de la villa y un hombre vestido con traje de chófer y situado delante de un lujoso coche le dijo que estaba a su servicio durante la ausencia del *signor* Contini.

—Pero no necesito conductor –insistió Ava–. Siempre que puedo camino y tan sólo voy al gimnasio.

El hombre, que se había presentado como Carlos, era igual de insistente y le sujetaba la puerta con gesto de intransigencia.

—No puedo perder mi trabajo, señorita McGuire. Tengo una esposa y niños a los que mantener.

—Estoy segura de que el *signor* Contini no sería tan cruel como para despedirle sólo porque yo decida utilizar las piernas en lugar del servicio que usted me ofrece.

—Me han dado instrucciones estrictas de acompañarla adonde vaya. Tengo que protegerla de la prensa. El *signor* Contini no quiere que nadie la moleste sin que él esté ahí para protegerla.

Ella volteó los ojos al entrar en el coche.

—Esto es totalmente ridículo. No necesito una niñera.

Estaba segura de que Marc le había dado esas órdenes al conductor para que la siguiera por si se le ocurría hablar con la prensa y darle una exclusiva sobre cómo era ser la amante del *signor* Contini, cosa que haría si fuera una mujer como Chantelle Watterson. Pero Ava no tenía las más mínima intención de hablar con nadie sobre su relación con Marc.

Miró al conductor, que le resultaba familiar. No había duda de que Carlos había sido el espía que la había seguido durante la última ausencia de Marc.

No confiaba en ella. Creía que lo había traicionado y nada de lo que ella dijera o hiciera le haría cambiar de opinión o confiar en su palabra.

Pero ¿y ella? ¿Confiaba en Marc? ¿Cumpliría el acuerdo de exclusividad y no iría con otras mujeres? Tenía reputación de ser un mujeriego a escala internacional, las mujeres lo perseguían a diario y las fotos que había visto publicadas a lo largo de los años demostraban que nunca andaba escaso de compañía femenina.

Los celos la devoraban al imaginarse a Marc volando de un país a otro y llevando una vida llena de lujo y glamur mientras ella esperaba ahí atrapada en sus exigencias.

Sin embargo, eso tenía sus compensaciones. Esa misma mañana, por ejemplo, había recibido el balance de su cuenta de banco por Internet y se le habían quedado los ojos como platos al ver la cantidad que Marc había depositado en ella. Eso al menos le daba la tranquilidad de saber que podía continuar apoyando a Serena en su intento de ser madre.

Casi inconscientemente, Ava posó una mano sobre su vientre. Tener un bebé sería lo último que Marc

querría y, aun así, ella ansiaba tanto tener un hijo que
la idea de no poder tener nunca ese lazo de unión con
Marc resultaba demasiado dolorosa. Podía imaginarse
a un niño pequeño igual que Marc, con los ojos y el
pelo negros y con hoyuelos al sonreír... Sonreír era
algo que él ya no hacía mucho últimamente o por lo
menos no sin cierto aire burlón, pensó Ava con dolor.
Pero no había posibilidad de quedarse embarazada a
pesar de que él no había usado preservativo cuando le
hizo el amor en la piscina; ella llevaba años tomando
una dosis baja de la píldora para controlar sus doloro-
sos periodos.

Cuando terminó sus ejercicios en el gimnasio, volvió a la villa al no saber qué otra cosa hacer. Había
muchos libros que quería leer y un montón de tareas
en las que podía ayudar a Celeste, pero a pesar de todo
estaba aburrida. Quería tener un trabajo de verdad, no
ejercer de modelo, sino un trabajo donde pudiera utilizar su cerebro en lugar de su cuerpo.

Hacía tiempo que soñaba con volver a la universidad para continuar con los estudios que había abandonado el año que se había marchado a Londres para trabajar con una agencia de modelos y para estar con
Serena. Había estudiado Historia e Idiomas y deseaba
poder ser profesora algún día. Vivir en un lugar como
Montecarlo era el sueño de un amante de la historia.
El principado tenía un largo pasado.

Durante su último año de matrimonio, Douglas la
había animado a continuar con sus estudios por Internet, pero justo cuando estaba a punto de matricularse,
la salud de él empeoró. Después de su lenta muerte,
con todo de lo que había tenido que ocuparse como
embalar sus cosas y enviárselas a su familia, no había

tenido tiempo de pensar en su futuro. Y entonces, claro, estuvo el problema del dinero. Estudiar no era gratis y podía acabar como muchos otros, endeudada y sin la garantía de tener un empleo fijo.

Y luego estaba Marc. Marc Contini, el hombre al que había amado con todo su ser y que ahora la odiaba con una pasión que era casi tan grande como el deseo que seguía sintiendo por ella. La quería como su juguete, sin ataduras, sin amor, sólo y sencillamente sexo. Reducir su relación a una conveniencia física para él era una forma de tormento emocional para ella. Desconocía cuánto tiempo él querría tenerla en su vida, sólo sabía que no sería durante un periodo largo.

La noche anterior al regreso de Marc, Ava estaba en su dormitorio leyendo un libro sobre la Segunda Guerra Mundial cuando alguien llamó a la puerta. Suponiendo que era Celeste que iba a decirle «*bonsoir*» antes de marcharse a casa, le dijo que entrara.

El libro casi se le cayó de las manos cuando, en su lugar, entró Marc, y el corazón le dio un vuelco al ver su imponente presencia. Llevaba unos pantalones de deporte negros y una camisa blanca que realzaba su tono de piel aceitunado y su cabello negro.

–Pareces sorprendida de verme, *cara* –dijo él cerrando la puerta.

De pronto su habitación, que siempre le había resultado tan espaciosa en el pasado, pareció encogerse hasta adquirir el tamaño de una casita de muñecas. Sintió como si le faltara el aire.

–Yo... yo no te esperaba hasta mañana –tartamudeó mientras dejaba a un lado su libro y se ponía de pie.

Se pasó las manos por su viejo pijama de algodón y se preguntó si él se habría dado cuenta de que no llevaba nada de maquillaje, ni siquiera un toque de brillo de labios. Tenía el pelo recogido en una cola de caballo y estaba parcialmente húmedo por la reciente ducha que se había dado. Ni siquiera llevaba sujetador debajo de la desteñida camiseta rosa y en los pies llevaba unas zapatillas planas en lugar de unos tacones. La hizo sentirse en enorme desventaja esa escasez de sofisticación. Sin su habitual armadura, se sentía como una colegiala de trece años en lugar de como una mujer madura a tres años de cumplir los treinta.

–He cancelado la última reunión. En cualquier caso, ya había conseguido lo que me había propuesto, así que me subí al siguiente vuelo disponible.

–Estoy segura de que siempre consigues lo que te propones –le dijo ella mientras aún intentaba recomponerse después de su inesperado regreso.

Él se acercó tanto que ella pudo oler el aroma cítrico de su loción para después del afeitado y otra cosa más que no pudo identificar pero que resultaba igual de tentador. Contuvo el aliento inconscientemente mientras se preparaba física y mentalmente para su caricia.

Él la miró a los ojos con una intensidad que resultó tanto excitante como inquietante. Y cuando su cálida mano se posó sobre su mejilla izquierda, ella sintió una sacudida en su corazón que se reflejó en un suspiro.

–¿Me has echado de menos, *petite*? –le preguntó con un sensual tono.

Ava luchó por controlar su respuesta a esa caricia.

–En absoluto.

Él sonrió mientras seguía acariciándole la cara con un movimiento embriagador.

–Celeste me ha dicho justo antes de marcharse que has estado alicaída toda la semana.

Ava lo miró con petulancia.

–Si le he dado esa impresión, es sólo porque prácticamente me has tenido aquí encarcelada con tu guardaespaldas vigilándome permanentemente. No puedo salir de la villa sin que insista en llevarme adonde quiero ir, aunque se pueda llegar andando.

Él le puso las manos sobre los hombros.

–¿Por qué no has llevado tus cosas a mi dormitorio?

Ava se quedó aturdida ante su repentino cambio de tema, una táctica que estaba empezando a ver que él empleaba en su provecho una y otra vez.

–Yo... no sabía que querías tenerme a tu servicio las veinticuatro horas del día.

–Te quiero en mi cama. Quiero saber que cuando vuelva a casa estarás esperándome.

–Vives en el siglo equivocado, Marc. La esclavitud se abolió hace mucho tiempo.

–¿Estás enfadada conmigo por no haberte llevado a Zúrich? –le preguntó con una media sonrisa.

–¿Por qué iba a estar enfadada? Me moriría de aburrimiento sentada en un hotel esperando a que llegaras.

–¿Igual que aquí?

Ava se maravilló ante su perspicacia, pero no dejó que eso se reflejara en su rostro.

–No estoy acostumbrada a estar sin hacer nada. Quiero utilizar mi cerebro en lugar de ocupar el día arreglándome el pelo o las uñas –respiró hondo y anunció–: Quiero volver a la universidad para terminar mi carrera. Ya he estado investigando para hacer un curso *on-line*.

El silencio fue tan largo que se preguntó si Marc

podría oír el sonido de su corazón, que golpeaba su pecho como un martillo.

–¿Estás informándome de tus intenciones o pidiéndome permiso? –le preguntó finalmente.

Ella se humedeció los labios con la lengua.

–¿Tengo que pedirte permiso? –le preguntó mirándolo fijamente.

Él apartó las manos de sus hombros.

–No. Claro que no. No tengo ningún problema con que quieras terminar tus estudios. Creo que es una gran idea. Nunca se tienen demasiados conocimientos, ¿verdad?

Ava lo miró asombrada. Estaba segura de que no lo permitiría.

–Eh...verdad. Genial, entonces. He estado informándome. Me darán algunos créditos por las asignaturas que ya tengo, no es mucho, pero suficiente... –dejó de hablar cuando vio que él estaba observándola en silencio.

De pronto sintió frío en sus hombros por no tener sobre ellos sus cálidas palmas y su mejilla anhelaba las caricias de antes. El corazón le latía demasiado fuerte y demasiado rápido y era como si su estómago estuviera dando piruetas.

El silencio se alargó y se alargó, como una goma elástica de la que tiraba una mano invisible.

–Pareces una colegiala con el pelo recogido así –le dijo Marc con un brusco tono masculino.

Ava se sonrojó y respondió:

–Estaba preparándome para meterme en la cama... quiero decir... acababa de darme una ducha y estaba a punto de irme a dormir cuando... cuando... me has pillado por sorpresa...

Él comenzó a juguetear con su coleta y Ava sintió un cosquilleo en la nuca y se preparó ante la posibilidad de que Marc la agarrara del pelo para llevarla hasta él y besarla, para llevarla hasta su poderoso cuerpo. Ella observó su cara y se detuvo en su boca. Necesitaba afeitarse, su piel estaba cubierta de un incipiente vello que por experiencia sabía que rasparía seductoramente su suave piel.

–Ya sabes, Ava, los amantes suelen besarse después de una ausencia –dijo Marc mirándola a la boca antes de mirarla a los ojos.

–¿Estás informándome de tus intenciones o pidiéndome permiso? –preguntó ella repitiendo sus propias palabras.

Los dedos de Marc utilizaron su cabello como si fuera una cuerda para llevarla hacia sí. Él sintió su fresco aliento a menta en su cara y su feminidad hizo que su entrepierna se inflamara al instante. Rozó su cuerpo contra el de ella para dejarla saber cómo lo provocaba, cómo lo excitaba.

Ella lo miró, sus suaves labios se separaron y su respiración se aceleró. Tenía sus pechos contra su torso y sus pezones parecían atravesar incluso la tela de su camisa. Sentir su cuerpo tan cerca de su erección era absolutamente impresionante. Deseaba tomarla, adentrarse en ella.

Lentamente le quitó el coletero y dejó caer su pelo alrededor de sus hombros. Sin decir ni una palabra, le levantó la camiseta. Ella alzó los brazos y sus rosados pechos quedaron libres cuando él la despojó de la prenda y la tiró al suelo.

El deseo que Marc veía en los ojos de Ava era como el que él sentía. Desde que se habían conocido sus ojos lo habían fascinado, ese tono grisáceo y azul lo había arrastrado hasta una órbita de sensualidad de la que nunca había logrado salir. En su piel llevaba el recuerdo de su cuerpo. Era como un perfume que no pudiera eliminar. Nunca nadie lo había hecho sentir así. Su feminidad, su suavidad y su fortaleza física lo excitaban.

El aire de misterio que la rodeaba era de lo más irresistible. Sus ojos escondían secretos, cosas que él no había visto antes pero que ahora estaba dispuesto a descubrir.

Pero ése no era momento de preguntas. La conocía muy bien y sabía que, si presionaba demasiado, ella no diría nada y lo dejaría con un mar de dudas que lo torturarían durante las largas horas de la noche.

Ava sintió un repentino cambio de humor y lo miró con cautela e incertidumbre. Se cruzó de brazos inconscientemente.

—¿Pasa... algo?

—No, no pasa nada, *ma petite* —respondió antes de soltarla.

Se metió la mano en el bolsillo del pantalón y le dio una caja larga y estrecha.

—Te he comprado algo.

Ava vio el nombre del diseñador grabado en la caja y el corazón le dio un brinco. Conocía esa joyería, pero era la clase de lugar donde nunca ponen los precios en el escaparate. No sabía cuánto dinero se habría gastado Marc, pero dejando de lado su orgullo por un momento, la abrió y dentro encontró un precioso y exquisito colgante con un diamante tan fino y delicado que supo que el precio habría alcanzado por lo menos las seis cifras.

—No... no sé qué decir... Es precioso...

–Trae, deja que te lo ponga.

Ella se dio la vuelta y su piel tembló cuando los dedos de Marc la rozaron para abrocharle el colgante. Cuando la giró hacia él, el colgante pendía sobre sus pechos desnudos.

–Perfecto. El brillo del diamante me recuerda al brillo de tus ojos cuando estás enfadada.

Ava se mordió el labio inferior mientras cubría sus pechos cruzando los brazos por encima.

–Supongo que estaría mejor si llevara algo más elegante que mi viejo pijama.

–Creo que estaría mejor si no llevaras nada en absoluto –dijo él al levantarla en brazos.

–Marc, bájame... estoy...

–Por lo menos pesas cinco kilos menos que cuando estábamos juntos –dijo interrumpiéndola–. Está claro que no comes lo suficiente para toda la actividad que tienes.

–Tú no sabes nada sobre la actividad que tengo –le respondió enfadada mientras la llevaba al dormitorio principal.

Sus oscuros ojos atravesaron los suyos cuando la dejó en el suelo delante de él.

–No, tienes razón. Sé muy poco sobre lo que haces. Tal vez puedas contármelo en algún momento más apropiado.

Ava apartó la mirada y la posó sobre sus propias manos, que descansaban sobre el amplio torso de Marc. Podía sentir el latido de su corazón bajo su palma derecha.

Marc le alzó la cara obligándola a mirarlo.

–Te he echado de menos, *ma belle*. Me he acostumbrado a tus enfados. Trágico, ¿verdad?

–Entonces, ¿por qué no me has llamado para que pudiera enfadarme contigo por teléfono? –le preguntó Ava mirándolo a los ojos y sintiendo cómo se derretía cuando él esbozó una media sonrisa.

–Me gusta verte cuando hablo contigo –le dijo al agacharse para darle un breve beso en los labios–. También me gusta sentir cómo tiemblas bajo mi tacto.

Ella apretó los labios, lo saboreó, saboreó la pasión que los envolvía. Con Marc, un beso nunca era un simple beso. Era un preludio de un ataque sensual que la dejaría vibrando durante horas. Su cuerpo ya estaba preparándose: la humedad de su ardiente excitación entre sus piernas, el persistente anhelo de sus pechos por sus caricias y el pulso acelerado de deseo que la hacía sentirse vacía por dentro.

Él le apartó las manos de su pecho y las besó y ella tembló cada vez que su lengua rozaba su palma, a modo de representación erótica de lo que estaba a punto de llegar.

Marc le soltó las manos para desabrocharse los botones de la camisa y Ava alzó las manos para explorar su bronceado pecho: esos pectorales esculpidos, su firme abdomen, su masculino vello que desaparecía bajo la cinturilla de sus pantalones...

–Tócame –le ordenó él suavemente.

Ella le desabrochó el pantalón y le bajó la cremallera por encima del abultamiento de su erección; sus dedos estaban impacientes por tocar su piel.

Él se quitó la camisa, los zapatos y apartó a un lado sus pantalones quedándose sólo con sus calzoncillos negros. Ava lo acarició a través de la tela mientras intentaba no perder la calma. Cada vez iba mostrándose más atrevida y así retiró la tela y rodeó su miembro con la mano para acariciarlo con un movimiento rítmico que sabía que él no podría aguantar durante mucho tiempo.

–*Mon Dieu*, para –gimió Marc apartándole la mano.

Ella lo hizo callar poniéndole un dedo sobre la boca; adoraba verlo así de excitado e incapaz de contenerse, luchando contra esas llamas de deseo por ella.

Marc respiró hondo y, con impaciencia, le quitó los pantalones del pijama.

–Eres la única persona de este planeta que puede hacerme esto, ¿lo sabes, *ma belle*? –le preguntó acurrucándose contra su cuello.

–¿Cómo lo sabes si no has estado con todas las mujeres del planeta? –respondió ella temblando cuando la lengua de Marc encontró su oreja.

–No hables. Sólo quiero que sientas.

Y con esas palabras pasó a sus pechos y cerró la boca alrededor de uno de sus pezones, haciéndola gemir. Hizo lo mismo con el otro, lo acarició con la lengua hasta captar su pulsátil sensación.

La tumbó sobre la cama, con delicadeza. Abrió el cajón de la mesilla y sacó un preservativo que se colocó con una maña fruto de una vasta experiencia.

Marc la miró.

–Por mucho que me gustaría hacer esto sin protección, no quiero tener que enfrentarnos luego a las consecuencias si ocurre un accidente.

El corazón de Ava se encogió, como si de pronto hubiera quedado aplastado por dos ladrillos.

–Está bien –dijo dotando su voz de la suficiente despreocupación–. Yo tampoco quiero accidentes.

Marc se quedó mirándola como si estuviera llegando hasta sus más íntimos deseos.

–Ahora las cosas son distintas. Lo comprendes, ¿verdad?

Ella asintió y volvió a acariciarlo íntimamente mientras veía su rostro contraerse por el esfuerzo de contenerse.

Marc le separó los muslos y sujetó uno de ellos con el suyo en una erótica maraña de cuerpos. Se hundió en ella con tanta intensidad que la hizo estremecerse y aferrarse a él cuando ese inesperado dolor la invadió.

–Debería haber utilizado algo de lubricante. ¿Te he hecho daño?

Y fue en ese momento cuando Ava lo sintió. Por sorpresa. La tomó por sorpresa, como todo lo que tenía que ver con Marc. No había esperado que su amor sobreviviera al modo en que él había llevado su ruptura; no había esperado que su amor por él sobreviviera a sus exigencias y condiciones... No había esperado que el amor que sentía por él regresara con tanta intensidad como para llenar el doloroso vacío de su alma.

–¿Ava?

–Hazme el amor, Marc –le dijo con una voz que fue poco más que un susurro.

Él vaciló, pero Ava colocó las manos sobre su nuca y lo llevó hasta su boca.

–Por favor.

–Será un placer –respondió él antes de cubrir sus labios.

Capítulo 7

EL BESO de Marc fue fuego sobre los labios de Ava y su lengua fue una espada de llamas que la hizo arder por dentro. Cuando volvió a adentrarse en ella, Ava pudo sentirlo tenso, intentando no perder el control y esperando a que la sedosa humedad de su cuerpo se acomodara a él y facilitara sus movimientos.

Fue elevando el ritmo un poco más cada vez, con delicadeza al principio, pero con una intensidad que después fue en aumento y que, junto con la fricción de sus nervios sensitivos, la hizo temblar de placer. Gimió contra la boca de Marc mientras se besaban. Arqueó la espalda y alzó las caderas para recibirlo, pero parecía que él la haría esperar un poco más.

–Marc... –su voz carente de aliento era poco más que un susurro–. Por favor, oh, por favor... no me hagas esperar más...

Él aumentó el ritmo. El balanceo de sus cuerpos excitó a Ava, así como el modo en que ambos parecían encajar a la perfección. Sus articulaciones cubiertas de vello hacían un contraste de lo más erótico con la suavidad de las suyas y la fuerza de sus músculos sobre su cuerpo la hacían respirar con dificultad. La presión dentro de ella estaba aumentando. Podía sentir cómo Marc se hundía en su interior y las maravillas que eso provocaba en su cuerpo. Sus pechos estaban prácticamente aplastados bajo la presión de su torso, pero adoraba sentir su masculina piel contra la suya. Le recordaba al pasado, a cuando ella recorría su piel con sus dedos e iba bajando acariciándolo con la boca hasta llegar a su palpitante calor y hacerlo explotar de pasión.

Ava se movía debajo de él con la necesidad de que la llevara al éxtasis, aunque en ese momento se vio demasiado tímida para pedírselo. Lo sintió sonreír contra su boca cuando él deslizó una mano entre sus cuerpos y la acarició lentamente hasta hacerla gemir y gritar de placer. Estaba muy cerca, agonizantemente cerca, pero pendía sobre un precipicio de sensaciones tan alto que resultaba aterrador.

–Vamos, *cara*.

–No puedo –gritó ella contoneándose debajo de él y sacudiendo la cabeza con frustración.

–Eh, mírame –le ordenó suavemente–. Soy yo, Marc. Sabes cómo se hace, lo hemos hecho muchas, muchas veces. ¿Por qué iba a ser distinto esta vez?

Ella abrió los ojos y lo miró.

–Lo sé, pero... ahora... ahora es diferente...

–¿En qué sentido? –preguntó él mientras volvía a acariciarla–. No he olvidado nada de tu cuerpo. No creo que nunca lo olvide.

Ella reprimió un gemido y él fue aumentando la presión ligeramente y observó cómo Ava subía a la ola de placer y se dejaba llevar hasta dejar escapar un grito que hizo que lo recorriera una cascada de escalofríos. Sintió las suaves sacudidas de su cuerpo y eso lo excitó aunque se contuvo hasta que ella llegó a un éxtasis completo.

–Ya está –le dijo con una sonrisa–. Sabía que podías hacerlo. Sólo necesitabas relajarte y confiar en mí.

Ella lo miró maravillada con unos ojos aún cubiertos por la bruma de la pasión. Alargó la mano y le acarició la cara, un gesto que hizo que Marc se preguntara si no había experimentado placer con nadie después de él. ¿Había guardado celibato durante cinco años? Era surrealista pensar que él había sido la última persona en darle placer, que ella no lo hubiera buscado en alguna otra parte, ni siquiera mientras estuvo casada con Cole, tal y como habrían hecho muchas mujeres en su lugar. Eso le hizo preguntarse una y otra vez por qué había accedido a ese matrimonio. Si era tan íntegra, ¿por qué se había dejado comprar como la oportunista cazafortunas que mostraban en los periódicos? ¿Había algo que él desconocía sobre sus razones para casarse con Cole? Había buscado por todas partes, pero era como si una parte del puzle siguiera perdida. Y eso lo enfurecía. Por mucho que buscaba, no lograba localizarla.

–¿Marc? ¿Sucede algo?

Él se apartó y se tumbó boca arriba mirando al techo.

Ava se preguntó si lo habría decepcionado de algún modo. Su erección había pasado y ella sabía que no era porque él ya hubiera llegado al éxtasis. Lo conocía bien, conocía la reacción de su cuerpo y había estado esperándola. Se sentía engañada, a pesar de haber experimentado el mejor orgasmo de toda su vida. Le acarició el pecho.

–¿He hecho algo mal?

Él se giró para mirarla.

–No –respondió después de lo que a ella le pareció una eternidad y antes de volver a mirar al techo y dejar escapar un profundo suspiro–. No eres tú, soy yo.

Ava se mostró aliviada. ¡Se sentía tan insegura! En el pasado, si algo así hubiera pasado, ella lo habría solucionado con sus labios, su lengua o sus manos y él habría estado de vuelta en cuestión de segundos.

Movió la mano, pero él, al ver sus intenciones, la apartó.

–No –salió de la cama–. No estoy de humor ahora mismo. Lo siento.

La invadió un mar de dudas e inseguridades. Él nunca la había rechazado de ese modo, ¿estaría cansándose de ella? Cubrió su desnudez con las sábanas y observó a Marc mientras se vestía en silencio y como si su mente estuviera en otra parte.

Después de quitarse el preservativo, se dirigió a ella.

–Tal vez sea mejor que sigamos en habitaciones separadas, al menos por el momento.

A Ava se le cayó el alma a los pies. Se humedeció los labios, se sentía vulnerable y al borde de las lágrimas.

–Si eso es lo que quieres... –logró decir con una voz temblona.

Contuvo el aliento mientras esperaba a oír las palabras que tanto temía: su relación había llegado a su fin. Él ya tenía lo que buscaba, había ejecutado su venganza, le había hecho suplicar y no podría haberlo calculado mejor; justo cuando ella se había dado cuenta de que aún lo amaba y que se quedaría a su lado bajo cualquier condición, él iba a ponerle fin a todo.

Había terminado.

Finito.

The end.

–¿Cuando te casaste o antes sabías que Cole estaba pujando por el mismo contrato que yo? –le preguntó él atravesándola con la mirada.

Ava se humedeció los labios, tenía la boca tan seca que lo hizo dos veces antes de poder hablar.

–Sé que te costará creerlo, pero no sabía que él también iba detrás del contrato con Dubai. En ese momento sabía muy poco sobre su negocio. No creo que quisiera que yo lo supiera. Sé que parezco terriblemente ingenua, pero es la verdad. Cuando lo descubrí ya había aceptado su oferta y había firmando un contrato. No tuve elección porque ya me había gastado parte del dinero.

La expresión de Marc no revelaba nada, ni que la creyera ni que no.

–Entonces, te casaste con él y te mudaste a Montecarlo y viviste como su esposa dejando que todo el mundo pensara, incluida tu hermana, que eras su esposa en el amplio sentido de la palabra.

Ava bajó la mirada.

–Serena sabía la verdad... sobre lo de mi boda con Douglas...

La habitación se quedó en silencio unos instantes.

–¿Y qué razón es ésa o tengo que hacerte un interrogatorio durante las próximas dos horas?

Ella salió de la cama cubierta con la sábana y lo miró.

–Porque... Porque lo hice por ella.

Marc sintió como si algo hubiera encajado y notó una fuerte sensación en su pecho.

–¿Por qué?

Ava se sintió acorralada.

«Perdóname, Serena», suplicó para sí. «Tenía que decírselo alguna vez. ¿Cómo iba a alargar esto indefinidamente, sobre todo cuando lo amo?». Las palabras daban vueltas por su cabeza y se sintió mareada. Esperaba que él no se lo contara a nadie. Confiaba en él. Tal vez era una estúpida por hacerlo, pero después de haber hecho el amor se sentía vulnerable y desesperada por que él entendiera lo que sucedió y la perdonara.

—Responde la pregunta, Ava.

Ava alzó la barbilla lentamente a pesar de estar temblando por dentro.

—Había cometido un error con los libros de cuentas dada su falta de experiencia. Era su primer trabajo de verdad, sólo tenía dieciocho años. Douglas la acusó de robar, ella se asustó mucho, y yo me asusté mucho. Fui a hablar con él... le supliqué que no la denunciara...

Marc sentía como si una mano gigante estuviera retorciéndole los intestinos.

—Y entonces te ofreció un modo de salvar a tu hermana.

Ella asintió con el rostro contraído en una mueca de angustia.

—Era el único modo de devolverle el dinero que había desaparecido. No tenía nada más a lo que recurrir porque nuestro padre no nos habría ayudado. Estaba muy preocupada por Serena, ella no es como yo. Es frágil y sentía que tenía que protegerla. Aún siento que tengo que protegerla. Por favor, no se lo digas a nadie. Ni siquiera Richard lo sabe.

—¿Alguna vez se te ocurrió pedirme ayuda?

Ella suspiró.

–Lo pensé, pero no me habías llamado desde que me había marchado del apartamento. Y justo cuando iba a llamarte leí en un periódico que estabas saliendo con una chica muy guapa. Morena y exótica... nada parecida a mí.

Marc maldijo en italiano y en francés.

–Sólo estaba utilizándola para darte celos. ¡Quién me iba a decir a mí que en unas dos semanas estarías casándote con otro!

Ella apartó la mirada, pero él estaba casi seguro de haber visto lágrimas en sus ojos.

Marc respiró hondo mientras intentaba pensar, intentaba aclarar la nube de confusión, remordimiento y recriminación que tenía dentro de la cabeza.

–Nuestra relación –dijo él al cabo de un momento–. Esto que ha pasado entre nosotros...

–¿Qué ha habido exactamente entre nosotros, Marc? Chantaje, eso es todo. Está mal y lo sabes. Ha estado mal desde el principio.

–Puedo arreglarlo –respondió él con seriedad–. Podríamos empezar de cero. Podemos olvidar el pasado. Podemos fingir que acabamos de conocernos.

–¿Otro juego, Marc? Bueno, pues deja que te diga algo. Estoy cansada de los jueguecitos de hombres ricos.

–Esto no es un juego para mí, Ava. Te quiero en mi vida. Creí que eso lo había dejado claro.

–Sí, lo has dejado claro. El problema es que a mí no me gustan las condiciones –dijo antes de pasar por delante de él con su cuerpo enfundado en la sábana como si fuera una pequeña momia egipcia.

–Ava, espera –dijo él tomándole las manos. Tenía

unas manos diminutas; era como estar sujetando dos
pequeño gorriones.

Se aclaró la voz mientras intentaba encontrar las
palabras para decir lo que tenía que decir.

—No sabía todo esto. Lo que me has dicho... bueno,
hace que todo sea completamente diferente. Podemos
arreglarlo, *cara*. Podemos arreglarlo de algún modo.

—¿No es un poco tarde para enmendar los errores
del pasado? —apretó los dientes y añadió—: Una llamada tuya y nada de esto habría pasado. ¿Te das
cuenta? Una llamada. Han pasado cinco años, Marc.
Cinco años de mi vida desperdiciados que no puedo
recuperar.

—Sé cuánto tiempo ha sido —había sentido como si
cada segundo de ese tiempo lo hubiera devorado. ¿Por
qué había permitido que su orgullo hiciera tanto daño?
¿Por qué no había ido a hablar con ella? Pensar que
podría haberles evitado a los dos cinco años de infierno con sólo una llamada o un mensaje era una tortura mental. ¿Por qué había dejado que la experiencia
de su padre dominara su vida hasta tal extremo? ¿Y
cómo podría arreglar las cosas? Ava lo odiaba y tenía
todo el derecho del mundo a hacerlo. ¿Cómo podía esperar él que ignorara el pasado y siguiera adelante? Le
había dicho que se había hecho amiga de Cole, pero
¿y si no siempre había sido así? ¿Y si había sufrido
estando a su lado, no física, pero sí emocionalmente?
Sabía muy bien cómo alguien podía destruir a otro
mediante el abuso emocional. Lo había visto con sus
propios ojos; la pérdida de autoestima y de poder había hundido a su padre y lo había dejado lleno de ci-
catrices para siempre.

—Siempre has mostrado tu odio por Douglas, pero

tú me has explotado igual que lo hizo él. Él me utilizó para conseguir lo que quería y tú podrías haberlo detenido, pero no lo hiciste.

Marc la miró y por primera vez en su vida no supo qué decir. Ella tenía toda la razón: era igual que Cole. La había explotado y había arruinado sus vidas en el proceso. Saberlo fue como sentir un veneno consumiéndolo por dentro y produciéndole un dolor inmenso.

Ella se soltó de sus manos con una fuerza que él desconocía que poseyera.

–Voy a darme una ducha –dijo lanzándole una mirada que pareció una daga–. De pronto me siento muy sucia.

Marc la dejó marchar. Sus palabras fueron como una bofetada y su efecto duró hasta mucho después de que ella hubiera salido del dormitorio; quedaron resonando en el silencio de la habitación como fantasmas del pasado que habían vuelto para atormentarlo...

Aquella noche Ava había tardado horas en quedarse dormida. Una vez que se había calmado después de la agitada conversación con Marc, se había tumbado y había soñado en vano con que él entrara en su habitación, la tomara en brazos y le suplicara que lo perdonara por no pedirle que volviera con él después de que lo hubiera abandonado aquella primera vez. Si se hubiera preocupado algo por ella, ¿no habría luchado un poco por tenerla a su lado? Pero claro, ella siempre había sabido que Marc era un hombre orgulloso. No era de los que suplicaban. Odiaba ser vulnerable y odiaba equivocarse. Cómo se enfrentaría a lo que ella acababa de decirle era algo que aún estaba por ver. Pero Ava tenía la sensación de que no le ofrecería nada permanente; también le había dicho que la quería en su vida hacía cinco años. Las de Marc eran palabras temporales, no palabras para toda la vida.

A Marc no se lo vio por ninguna parte al día siguiente y Celeste desvió la pregunta cuando Ava quiso saber dónde estaba.

–No me encuentro bien, *madame* –dijo la mujer llevándose una mano a la frente–. Creo que me he contagiado de ese virus que tuvo usted.

–Váyase a casa y descanse. Tómese libre el resto de la semana. Soy perfectamente capaz de cocinar una comida o dos.

–¿Está segura? –Celeste parecía preocupada–. El *signor* Contini... La última vez que lo vi parecía... ¿cómo le diría...? Como si no fuera él.

Ava forzó una sonrisa

–Se le pasará. Ya sabe cómo son los hombres.

–Es un buen hombre, *madame*. Hace mucho mejor pareja con usted que *monsieur* Cole. El *signor* Contini será un buen marido y un padre maravilloso para sus hijos, *oui?*

Ava sintió cómo se le encogía el pecho.

–No se haga ilusiones, Celeste. Marc nunca ha querido saber nada del matrimonio.

–Hay hombres que necesitan más tiempo. No se rinda. Él ha llegado hasta aquí para tenerla de nuevo en su vida.

Suspiró cuando el ama de llaves se marchó y se resignó a pasar otro día de espera y esperanzas, de ver

alguna señal que le indicara que Marc no iba a ponerle
fin a la relación antes de que siquiera hubiera empezado. Fue igual cinco años atrás; la misma angustia, la
misma sensación de inseguridad. ¿Cuándo sería la última vez que lo vería? ¿Ese día... al siguiente... al otro?
¿Cómo podía vivir así? Quería mucho más. Quería una
relación para siempre.

Cuando esa tarde bajó de su dormitorio, Marc estaba tomándose una copa en el salón. Su expresión era
tan difícil de interpretar como de costumbre, aunque
a Ava le parecía que estaba cansado, como si no hubiera dormido bien la noche antes. Verlo así le hizo
querer acariciarle la cara y besarlo para intentar calmar su tensión.

–¿Te sirvo algo de beber, Ava? Parece que necesi-
tes una copa.

–¿Sí? ¿Por qué lo dices?

–Estás algo pálida. ¿Has comido algo hoy? No sé
qué vamos a cenar. No encuentro a Celeste.

–Le he dado el resto de la semana libre. Espero que
no te importe, pero no se encontraba bien. Creo que le
he contagiado el virus de estómago que he tenido yo y
tarda en curarse. Yo aún no me encuentro del todo
bien y han pasado semanas.

–¿Cómo estás ahora? –le preguntó mientras se acer-
caba a ella con gesto de preocupación.

–Estoy bien... creo...

Comenzó a prepararle una copa.

–Siento lo de anoche. No he llevado la situación
demasiado bien, ¿verdad?

Ava tomó el vaso, pero en cuanto se lo llevó a los
labios el sabor le revolvió el estómago.

–¿Qué pasa? ¿Prefieres que te eche un poco de

agua o hielo? Si no recuerdo mal, creo que te gustaba solo.

–Lo siento, Marc. No me apetece beber.

Él recogió el vaso y la miró.

–He estado trabajando en un asunto y he pensado que podrías querer oír las decisiones que he tomado.

Ava se sentó en el borde del sofá; las piernas le temblaban y seguía teniendo el estómago revuelto.

–¿Qué clase de decisiones?

–He puesto a mi equipo legal a trabajar para crear un fideicomiso para los hijos de Cole y para su ex mujer. No tendrá que volver a trabajar a menos que quiera hacerlo.

–Eso es... muy generoso por tu parte, Marc. Seguro que agradecerán mucho el gesto.

Él se encogió de hombros como quitándole importancia, como si no le importara lo que pensaran.

–Me ha parecido lo correcto, y Dios sabe que no siempre he hecho lo correcto en el pasado.

Ava apoyó las manos en sus rodillas mientras se preguntaba adónde quería llegar Marc.

Hubo silencio hasta que él preguntó:

–¿Qué sabe tu hermana de nosotros?

–Le he dicho que habíamos vuelto. No quería que se sintiera culpable por lo que había pasado. Ya tiene bastante.

–¿Entonces no le has contado lo de nuestro acuerdo?

Ava lo miró con ironía.

–¿Nuestro acuerdo? Tu acuerdo, Marc, no el mío. Sabes muy bien que, si no fuera por el dinero, no estaría aquí más tiempo del necesario.

Él se terminó su copa.

–Ah, sí. El dinero. Siempre sale a relucir.

–¿Qué quieres decir? –le preguntó algo molesta con el tono que había empleado.

–Es muy sencillo, ¿no? Tú necesitabas dinero y yo necesitaba una pareja. Una transacción de lo más clara.

Ava decidió ser muy directa con él.

–Si no estás satisfecho con los servicios prestados hasta ahora, por favor dilo. Odiaría ser la causa de tu descontento. Después de todo, pagas una fortuna por mí.

Él soltó su vaso y se acercó a ella.

–Estoy muy satisfecho con los «servicios», como tú los llamas –dijo mirándola fijamente a los ojos y alzándole la barbilla–. Muy, muy satisfecho.

Ava deseó tener la fortaleza necesaria para apartarse, pero sintiendo sus dedos en su rostro y esos ojos oscuros como la noche clavados en los suyos no fue capaz. Era el momento de poner distancia entre los dos y sabía que debería apartarlo, pero por alguna razón no pudo hacerlo. Ensayó todos los pasos en su cabeza, incluso llegó a levantar las manos, pero en lugar de apartarlo, cuando posó las manos sobre su torso, sintió que por fin estaba en casa. Sintió el fuerte latido de su corazón contra su mano y el suyo comenzó a golpear contra su pecho. Sus piernas ya no le parecían huesos, músculos y ligamentos, sino dos finos alambres. Notó cómo el resto de su cuerpo se balanceaba hacia él y su boca se abría con un pequeño suspiro mientras el cálido aliento de Marc acariciaba sus labios según iban acercándose más y más a su boca para llegar a cubrirla finalmente.

Capítulo 8

AVA RODEÓ a Marc por el cuello y se entregó a su beso con un suspiro de intenso placer. La lengua de Marc encontró todas esas sensibles terminaciones nerviosas haciendo que ella se aferrara más a él.

Le recorría los pechos con las manos y sus pezones reaccionaron a esas caricias. Su beso se hizo más intenso y la volvió loca de deseo. Mientras, con la otra mano, se ocupaba de su ropa; después de subirle la camiseta, le desabrochó el sujetador y rodeó uno de sus pechos con esa cálida mano. Ella se acercó más y verlo explorando su cuerpo con tanto fervor hizo que se le pusiera la piel de gallina.

Ava deslizaba sus manos por su espalda y le sacó la camisa de los pantalones para poder sentir su piel bajo sus dedos. Le hizo gemir en su boca cuando agarró sus nalgas y lo acercó más a su cuerpo, al punto de su deseo. Notó la firmeza de su erección y rápidamente le desabrochó el pantalón, desesperada por acariciar su piel de satén y acero.

Él contuvo el aliento cuando ella comenzó a acariciarlo con movimientos circulares, aunque le apartó la mano para tenderla sobre la alfombra, deshacerse de la ropa y zapatos de ambos apresuradamente y sólo detenerse para sacar un preservativo de su cartera.

Ava tembló cuando se situó encima de ella y se adentró en su cuerpo, esta vez, con suavidad y delicadeza, esperando hasta estar seguro de que estaba preparada para recibirlo. Relajó su pelvis, se abrió para él, y dejó escapar un suspiro de placer cuando Marc se hundió en ella.

Mientras Marc se movía más y más deprisa, la besó y con su lengua recreó el movimiento de la parte inferior de su cuerpo, envolviéndola en un torbellino de sensaciones. Para ella fue como ir subiendo una montaña sabiendo la espectacular vista que la esperaba en la cima. Paso a paso iba llegando y cada movimiento del cuerpo de Marc hacía que el viaje fuera más excitante. Oía los gemidos de él y notaba cómo resonaban en su pecho intensificando con ello su placer y situándola en la cumbre de esa montaña donde encontraría el paraíso.

Marc sintió su deseo y se ayudó de sus dedos para llevarla al límite. Adoraba verla así de excitada, ver cómo su sedosa piel palpitaba contra sus dedos hasta que por fin llegó al éxtasis. Sintió sus espasmos y la oyó gemir según el orgasmo iba apoderándose de ella. Y entonces ya no pudo contenerse más y se rindió a las maravillosas sensaciones, a esa ardiente oleada de placer.

–¿Peso demasiado? –le preguntó al cabo de un rato, cuando seguía tendido sobre ella.

–No –respondió Ava con voz suave mientras le acariciaba la espalda.

Al instante, ella se incorporó, se sentó y apoyó las rodillas contra su pecho.

–¿De verdad estás decidido a no tener hijos? –las palabras salieron de su boca casi sin darse cuenta de que había estado pensándolas. Pero ya era demasiado tarde para evitarlo.

Él la miró fijamente.

–Supongo que, dado lo que le está pasando tu hermana, éste debe de ser un tema delicado para ti, pero sí. No me interesa tener hijos.

Ava se sintió furiosa por el comentario. Para los hombres era muy fácil; ellos podían retrasar la paternidad hasta que quisieran. Pero ella, en cambio, sentía que su reloj biológico estaba avisándola desde que había cumplido los veinticinco. Casi habían pasado tres años desde entonces y cada vez estaba más cerca de los treinta. Había leído las estadísticas: la fertilidad femenina caía alarmantemente después de los treinta y cinco. La idea de acabar sola y sin hijos se le hacía insoportable ya que Serena y ella siempre habían compartido el deseo de encontrar el verdadero amor y tener su propia familia.

Ava recogió su ropa y se vistió, de pronto desesperada por estar a solas, por tener tiempo para pensar en lo que debía hacer. Volvía a estar como al principio de su relación con Marc. Él no estaba dispuesto a comprometerse de ningún modo. Siempre sería ella la que tendría que sacrificarse, pero ya había hecho demasiados sacrificios. ¿Cómo podría seguir renunciando a sus sueños y esperanzas indefinidamente?

–Me gustaría que cenáramos juntos esta noche –dijo Marc–. Tómate tu tiempo para arreglarte. Al restaurante del casino no le importará lo tarde que lleguemos.

–No tengo hambre.

–Entonces puedes verme comer porque yo sí tengo hambre.

–Hay mucha comida en la cocina. Sírvete tú mismo.

–Quiero que vengas conmigo, Ava. Ya te lo he dicho antes, es importante que nos vean juntos.

–Entonces, ¿lo de salir a cenar es sólo una especie de acto público?

–Si quieres verlo así, de acuerdo, pero yo lo vería como una oportunidad de relajarnos y volver a conocernos mientras disfrutamos de una buena comida y de un buen vino.

Ella desvió la mirada y se mordía el labio inferior con tanta desesperación que Marc estaba seguro de que se haría sangre.

Se acercó a ella y le acarició la boca.

–Debes de tener hambre –le dijo con una irónica sonrisa.

–No me apetece salir. Quiero irme a la cama.

–Entonces ahí es donde te llevaré.

Rápidamente, Ava dio un paso atrás pero el repentino movimiento hizo que la cabeza le diera vueltas. Sintió náuseas, como si fuera a desmayarse. Luchó por no perder la consciencia, pero las piernas comenzaron a fallarle.

–¿Estás bien? –le preguntó Marc, sujetándola por los brazos.

–Creo... creo que he tomado demasiado el sol... o...

La levantó en brazos y la llevó hacia las escaleras, ignorando sus protestas.

–No, no pienso dejarte en el suelo, apenas puedes mantenerte en pie. Voy a llamar a un médico. Está claro que el virus está atacándote de nuevo. Celeste debe de haberte contagiado.

Ava de pronto se sintió demasiado débil como para

discutir. Además, resultaba reconfortante ver cómo se ocupaba de ella. Sintió sus protectores brazos rodeándola y deseó poder quedarse así para siempre.

Una vez que él llegó a la habitación, la tumbó en su cama y con unos delicados dedos le apartó el pelo de la cara.

–¿Quién es tu médico habitual?

–Seguro que me pondré bien en un minuto –dijo Ava con voz débil–. Sólo necesito descansar.

Él sacó un listín telefónico de la mesita de noche y hablando en francés pidió la visita de un médico.

–Ahora voy a traerte un vaso de agua y algo de comer.

–No, comida no, por favor... comida no...

–Si te encontrabas tan mal, ¿por qué no me lo has dicho cuando he llegado a casa?

Ava agarró el extremo de la sábana con la que Marc la había arropado.

–En ese momento estaba bien...

Él soltó un suspiro cuando se sentó en el borde de la cama. Le agarró la mano y se la besó mientras la miraba. Ava se preguntó en qué estaría pensando; la miraba con tanta intensidad..., pero en ese momento sonó el timbre y Marc le soltó la mano.

–Quédate ahí. Subiré al médico.

Ava se recostó sobre las almohadas con un suspiro. Su mano se quedó fría en cuanto él la soltó y su corazón estaba vacío por la carencia de una promesa de amor. Contuvo las lágrimas, furiosa consigo misma. ¿Por qué no podía dejar que las cosas siguieran su curso natural? Estaba claro que él se cansaría de ella en un mes o dos. Podía seguir adelante con su vida y tal vez algún día encontraría a alguien. De pronto la

embargó la emoción y contuvo el llanto. No quería conocer a nadie más. Sólo quería a Marc.

Se secó la nariz al oír pasos acercándose y metió el
pañuelo de papel bajo la almohada cuando la puerta
se abrió.

El médico, un hombre de unos cincuenta y tantos
años, comenzó a hacerle preguntas que ella respondió
lo mejor que pudo dado su estado de semiinconscien-
cia.

–¿Son regulares sus periodos? ¿Ha tenido alguna
falta últimamente?

–Eh... tomo la clase de píldora que corta la mens-
truación completamente...

El médico la miró por encima de la montura de sus
gafas.

–¿Las ha tomado con regularidad?

–Sí.

–¿Ha estado enferma recientemente? ¿Algún problema de estómago, vómitos...?

–Sí.

–¿Ha practicado sexo sin protección recientemente?

Se ruborizó y agachó la mirada, pero antes de poder responder oyó a Marc decir:

–Sí, pero sólo una vez. Hace unas dos semanas.

El médico sacó un torniquete y un kit de análisis
de sangre.

–Haremos un análisis y los resultados estarán en un
par de días.

Marc volvió a hablar.

–Quisiera conocer el resultado lo antes posible.

–Lo marcaré como urgente.

Marc acompañó al doctor hasta la calle y, mientras,

Ava se levantó y fue al cuarto de baño. Se lavó la cara y se detuvo un momento frente al espejo. Estaba pálida y tenía los ojos hundidos, pero seguro que era la consecuencia de haber pasado largas semanas cuidando a un enfermo terminal y de haber padecido un persistente virus. No se atrevía a pensar en otra alternativa, pero aun así sus manos se posaron sobre su vientre y se quedaron ahí unos instantes...

–¿Ava?

Ella se giró cuando la puerta se abrió.

–¿Te importa? ¿Es que no puedo tener nada de intimidad?

–Tenemos que hablar.

Marc la agarró del brazo.

–Ava, ésta es una situación a la que tenemos que enfrentarnos como adultos.

Ava se soltó y se frotó el brazo; estaba claro que le había hecho daño.

–Es culpa tuya –dijo conteniendo las lágrimas.

–Lo sé.

Lo miró sorprendida.

Marc se pasó una mano por el pelo.

–Quiero que sepas que, si estás embarazada, te apoyaré. No tienes que preocuparte por el futuro del bebé. Me aseguraré de que nunca le falte de nada.

Ava deslizó su lengua sobre sus resecos labios.

–Seguro que es una falsa alarma...

–Pero ¿y si no lo es?

–Si no lo es, no sé qué demonios le voy a decir a Serena –lo miró–. Es muy injusto –dijo con un susurro–. Ella lleva cuatro años intentando quedarse embarazada. ¿Cómo voy a decirle yo que me he quedado embarazada por accidente?

Marc se acercó y puso las manos sobre sus hombros. Odiaba que se estremeciera ante su tacto, pero sabía que él era el único culpable de eso. La había puesto entre la espada y la pared desde el primer día y, si no lo había odiado entonces, seguro que ahora sí. Por un momento se había preguntado si ella habría diseñado esa situación para sacar su propio provecho, pero no había más que ver su rostro de angustia para saber que la había juzgado mal. No quería tener un vínculo que la uniera a él permanentemente. Se lo había dicho claramente. Aceptaba su dinero, pero eso era lo único que quería de él.

Marc se obligó a centrarse en el problema que tenían entre manos.

–No sabemos con seguridad si estás embarazada, pero estoy seguro de que tu hermana se alegrará a pesar de su situación.

Ella se soltó y se cruzó de brazos.

–No puedo creerme que haya pasado esto... –comenzó a caminar de un lado a otro de la habitación–. Es como una pesadilla. Tengo la sensación de que alguien va a darme una palmadita en el hombro y va a despertarme.

–Ava, por favor, deja de moverte un momento. Deberías estar descansando.

Ella se detuvo y lo miró fijamente.

–Hablas como un futuro padre preocupado, pero los dos sabemos que eso no es lo que quieres. Nunca lo has querido. Lo último que quieres es tener un vínculo permanente conmigo y no hay nada más permanente que un bebé.

Él se acercó y, aunque Ava intentó resistirse, le agarró las manos.

–Escúchame, Ava. Sé que he actuado mal. Sé que estás enfadada y disgustada, pero necesito que me perdones. Sé que es pedirte demasiado y sé que no me merezco tu perdón.

Ava se quedó flotando en ese oscuro lugar situado entre la inseguridad y la esperanza. Lo miró a los ojos y se preguntó si él estaba cambiando de opinión ante la posibilidad de que estuviera embarazada. Era hijo único, no tenía herederos. ¿Sería beneficioso para él fingir tener sentimientos hacia una mujer a la que no había tratado bien en el pasado sólo porque podía ser la madre de su hijo? Era demasiada coincidencia que el mismo día que se sospechó el embarazo, él empezara a disculparse.

–Necesito tiempo para asimilar esto –dijo apartándose.

–Si estás embarazada, insisto en que nos casemos inmediatamente.

Ava se quedó boquiabierta.

–¿Cómo dices?

–No quiero que a ningún hijo mío se lo llame «bastardo».

–Para tu información, no habría mucha diferencia.

–Lo digo en serio, Ava. No me apartarás de la vida de mi hijo.

–Siempre has dicho que no quieres hijos.

–Pero eso era antes.

–¿Ah, sí? ¿Y qué ha cambiado?

–Las cosas ahora son distintas. Todo es distinto.

Ava no estaba dispuesta a capitular tan fácilmente.

–No quiero apresurarme. Antes decías que no estabas preparado para el matrimonio, ¿por qué iba a aceptar una proposición de matrimonio forzada por las circunstancias en lugar de originada por un verdadero deseo?

–No me dejarás de lado –dijo él con los dientes apretados–. No me provoques, Ava. Te quitaré el niño si hace falta. No tendrías muchas oportunidades en un juicio, no después de cómo la prensa ha menoscabado tu reputación a lo largo de estos años.

Ava se dio cuenta de que tenía razón. Buscarse un enemigo como Marc resultaría en una derrota pública y de lo más humillante. Había creído que aún lo amaba, pero en ese mismo momento su odio por él era incalculable y anulaba cualquier recuerdo bonito que pudiera tener de los momentos que habían pasado juntos.

Era la guerra y él estaba dispuesto a ganar, pero ella no se retiraría sin luchar.

Alzó la mandíbula y soltó su puñetazo donde más sabía que le dolería.

–Pareces bastante convencido de que el bebé que puedo estar esperando es tuyo. ¿No es un poco presuntuoso dadas las circunstancias?

Un brillo de furia iluminó la mirada de Marc cuando esas palabras alcanzaron su objetivo. Tardó un largo rato en hablar y el silencio fue para Ava como sentir una mano de hormigón presionando sobre su pecho.

–Supongo que me lo merezco. Pero no te insultaré pidiendo una prueba de paternidad.

–¿No?

Él negó con la cabeza.

–Sabiendo lo que sé de ti, no tengo razones para creer que el niño no es mío.

–¿Eso lo dices porque me has tenido vigilada durante semanas o porque de verdad crees que no voy acostándome por ahí con otros hombres?

Él la miró fijamente.

—Ava, no ayuda nada sacar a relucir los errores del pasado. Si queremos que nuestra relación sea un éxito, tendremos que deshacernos de tanto resentimiento y dejar de culparnos por cosas.

—No quiero embarcarme en ninguna relación sin haberlo pensado detenidamente —dijo ella.

—Pues yo no aceptaré algo que no sea el matrimonio —dijo él con un tono de intransigencia.

Ava lo miró desafiante.

—Entonces tienes una enorme labor por delante, Marc Contini, porque yo no pienso casarme contigo.

—Maldita sea, Ava, si no te casas conmigo, arruinaré a tu familia y a tus amigos, a cada uno de ellos. No creas que no lo haré para conseguir lo que quiero.

Ava sintió la fría y férrea determinación de sus palabras y el corazón comenzó a palpitarle con fuerza. Era lo suficientemente despiadado como para hacer cualquier cosa. ¿No se lo había demostrado ya? La había forzado a ser su amante y ahora que las circunstancias habían cambiado quería reescribir las normas. Quería control, control absoluto.

—El chantaje no es el modo de convencer a una chica para que se case contigo. Pero de todos modos, ¿no estás precipitándote un poco? Ni siquiera sé si estoy embarazada.

—No importa. Nos casaremos de todos modos.

—¿A qué viene ese cambio de opinión? —le preguntó incapaz de no desconfiar.

Sus oscuros ojos no daban pistas sobre qué estaría pensando.

—Hay algunas cosas que tengo que hacer para enmendar los errores del pasado. Y casarme es una de ellas.

Ava dejó escapar un suspiro de desdén.

–Ya veo por qué suspendiste el examen de acceso a la Escuela de Encanto. Ésta es la proposición de matrimonio más bonita que he oído nunca.

–¿Qué quieres que diga, maldita sea? Podría adornarlo con palabras y frases bonitas, pero no te lo creerías ni por un segundo.

–Tienes razón, no me lo creería.

Marc se dio la vuelta y volvió a pasarse una mano por el pelo. Cuando finalmente habló, su tono de voz era más suave.

–Lo prepararé todo para casarnos en Londres a finales de mes y así tu hermana se ahorrará tener que viajar.

–Puedes hacer los preparativos que quieras, pero nada de eso me hará decir «sí» –le respondió con furia.

–Puede que tengas que pensártelo dos veces, *ma belle* –se acercó, le alzó la barbilla con dos dedos y añadió con una sedosa voz–: No luches en batallas que no tienes esperanza de ganar.

–No puedes obligarme a amarme –le dijo ella con actitud petulante.

Marc la devoró con la mirada mientras el silencio caía sobre ellos.

–Ése no es un requisito para este acuerdo –contestó apartando la mano de su cara.

–¿Estás preparado para casarte con una mujer que te odia?

Él esbozó un asomo de sonrisa.

–Como poco, será un maravilloso desafío hacerte cambiar de opinión.

–Entonces tienes mucho trabajo por delante.

–Lo sé –se agachó y le plantó un ardiente beso en la boca–. Estoy deseándolo.

Ava lo vio abandonar la habitación en silencio, oyó el suave clic de la puerta al cerrarse y lo interpretó como un oscuro recordatorio de lo que él había prometido y de lo decidido que estaba a lograrlo.

Capítulo 9

CUANDO Ava bajó de su dormitorio a la mañana siguiente, Marc subía llevando una bandeja con té y tostadas y un periódico doblado bajo su brazo.

–¿Por qué no estás en la cama? Son sólo las siete.

Ava lo miró con cierta desconfianza.

–No estoy inválida y siempre me levanto pronto.

–Lo sé, pero te mereces un desayuno en la cama.

Ella se cruzó de brazos.

–¿Por qué me da la sensación de que todo esto forma parte de un plan para hacer que acceda a casarme? Además, no tengo hambre.

–Tienes que comer, Ava –insistió él mientras la seguía hasta abajo–. Tienes que pensar en el bebé.

Ella se giró en los pies de las escaleras y lo miró.

–Probablemente no haya ningún bebé y entonces, ¿qué harás? ¿Echarte atrás?

Él dejó la bandeja sobre la mesa del vestíbulo y le dio el periódico.

–Es un poco tarde para eso. Ya he enviado un comunicado a la prensa.

Ava miró la sección por la que él tenía doblado el periódico y el corazón comenzó a golpearle el pecho con fuerza cuando leyó: *Viuda en duelo se casa con magnate de la construcción italiano.*

Le tiró el periódico.

–Pues tendrás que retractarte porque no voy a casarme contigo.

–Maldita sea, Ava, tienes que casarte conmigo.

–¿Por qué? –le preguntó con una mano en la cadera–. ¿Porque de lo contrario arruinarás a mi familia y a todas las personas que conozco y quiero? No lo creo, Marc. Puede que seas un cretino muchas veces, pero no eres tan malo. En cualquier caso, estoy cansada de ser el peón en los jueguecitos de hombres ricos. Si quieres que me case contigo, entonces tendrás que hacerlo al estilo tradicional.

Marc apretó los dientes con frustración.

–¿Qué tendría que hacer para que cambiaras de opinión?

–¡No deberías tener que preguntarlo!

Él se pasó la mano por el pelo y se lo dejó más alborotado de lo que ya estaba.

–Ava –se aclaró la voz y comenzó de nuevo–. Ava, sé que probablemente debería habértelo dicho antes, pero tuve una infancia muy triste. Sé que hoy en día está de moda achacar los problemas de uno al modo en que lo afectó el comportamiento de sus padres, pero en este caso es verdad.

Ava pudo ver un desfile de emociones por su cara. Entendía lo duro que había sido para él y esa amargura que había sentido estaba escrita por toda su cara. Podía ver dolor en sus ojos y en las arrugas de su frente.

–Mis padres se divorciaron cuando yo tenía siete años –dijo con una voz que ella apenas reconoció–, pero durante los tres años siguientes vi cómo mi padre quedó humillado una y otra vez públicamente por el comportamiento de mi madre. Ella parecía encontrar un perverso placer en restregarle por la cara a cada uno de sus jovencitos amantes siempre que tenía la oportunidad. Yo estaba harto. No era más que un muñeco en su juego. No creo que tuviera la capacidad para amar a un hijo, o por lo menos no como un hijo merece que lo quieran. Ella amaba al dinero y vivir la vida al máximo. Yo era un impedimento, un obstáculo del que estaba deseando librarse.

–Oh, Marc...

Él alzó una mano.

–No, deja que termine –respiró hondo y continuó–: Desde que tenía diez años, cuando veía a mi padre sumido en el alcohol después de la muerte de mi madre, juré que no permitiría que ninguna mujer me hiciera lo que le habían hecho a él. Al final perdió todo por lo que había trabajado. El negocio que había pertenecido a nuestra familia durante generaciones se hundió y él debía dinero en todas partes. Tuve que tener tres trabajos mientras aún estaba en el instituto y después cuatro cuando pasé a la universidad para seguir saldando deudas después de que muriera.

Ava se mordió el labio hasta que captó el sabor a sangre. Su corazón sufría por ese niño pequeño, por el dolor y el rechazo que debía de haber sentido, por todo lo que había soportado ¡Cuánto debió de odiarla por haberse casado con Douglas! Ahora todo tenía sentido. Ella lo había arruinado a él del mismo modo que su madre había hecho con su padre. No le extrañaba que hubiera ido buscando venganza.

–Oh, Marc... –volvió a decir.

–Sé que debería haberte dicho esto antes, debería habértelo contado antes de que empezáramos a vivir juntos en Londres. Sé que querías más y Dios sabe que sin duda merecías más. Si pudiera volver a escribir el pasado, lo haría, pero no puedo.

–No pasa nada –le dijo suavemente–. Lo comprendo.

–Ava, pero te prometo que puedo cuidar de ti y del bebé. Tienes mi palabra. No te faltará de nada mientras viva.

Ava no quería decirle que lo que más deseaba era algo que el dinero no podía comprar y que ya le bastaba con que hubiera compartido esa parte de su corazón con ella. Le había revelado su pasado como nunca antes lo había hecho.

Dio un paso atrás y lo rodeó por la cintura.

–Gracias por decírmelo –le dijo mirándolo a los ojos–. Siento mucho que sufrieras tanto de niño. Ningún niño se merece esa clase de dolor. Nadie debería odiar a su ex pareja más de lo que quiere a su hijo.

Él colocó las manos en su espalda y la acercó a su cuerpo.

–¿Aún te niegas a tomar el desayuno en la cama? –le preguntó con una sonrisa.

–Espero que la tostada no se haya quedado pasada.

La levantó en brazos.

–Vamos a verlo.

Ava despertó de un maravilloso sueño una hora después. Marc estaba tumbado a su lado, mirándola. Ella alargó la mano y lo tocó para asegurarse de que no seguía soñando. Su piel era cálida y sintió un cosquilleo al recordar el placer que le había dado antes.

Marc le acariciaba la cara con delicadeza.

–Tienes una marca de las sábanas ahí mismo.

–Debo de estar hecha un horror. Necesito darme una ducha.

Él la miró fijamente.

–¿Por qué no te duchas conmigo?

Y con esas palabras la llevó hasta el cuarto de baño del dormitorio. Ajustó la temperatura del agua y entró delante de ella antes de rodearla por la cintura y llevarla contra su erección.

El agua que caía sobre ellos era un elemento sensual añadido al beso que le dio mientras le rodeaba la cara con las manos y exploraba su boca con detalle, jugueteaba con su lengua haciendo que la pasión fuera en aumento.

Le cubrió los pechos con las manos y acarició sus pezones antes de tomar uno en su boca. Ava echó la cabeza atrás contra la pared de mármol; un río de placer recorría su cuerpo mientras los labios y la lengua de Marc se deslizaban sobre su sensible piel.

Ava temblaba de deseo y sus piernas apenas eran capaces de sostenerla cuando los labios de Marc viajaron por sus hombros y su cuello antes de volver a detenerse en su boca. En esa ocasión el beso fue más intenso. Ella separó las piernas y suspiró de placer cuando él acarició esa húmeda e íntima zona de su cuerpo. Cuando estaba a su lado, Ava no se sentía cohibida y por eso no dudó en alargar la mano y rodear y acariciar su miembro con ella.

Marc detuvo el beso y la miró con unos oscuros y brillantes ojos de deseo y excitación.

–Date la vuelta.

A Ava la recorrió un escalofrío cuando Marc la agarró por la cintura y lo sintió por detrás, tan firme, tan poderoso, tan preparado.

La diferencia de altura no fue impedimento. Ella se puso de puntillas y él dobló sus largas piernas antes de adentrarse en su cuerpo con tanta fuerza que la hizo gemir.

–Dime si voy demasiado deprisa –le dijo con una voz cargada de pasión.

–Es fantástico.

–Bien, yo siento lo mismo –le respondió él acurrucándose contra su cuello–. Me encanta sentirse así. Puedo sentir todo tu cuerpo aferrándose a mí.

Ava se mecía contra él y, sujetándose a la pared de mármol, se entregó a la poderosa sensación de tenerlo dentro de su cuerpo. Él se movió más y más deprisa y a ella la recorrió un intenso cosquilleo que se unió a su respiración entrecortada y a las fuertes palpitaciones de su corazón. Era increíble sentirlo de ese modo tan íntimo, con sus nalgas pegadas a su abdomen y sus femeninos pliegues inflamados y extrasensibles mientras él se adentraba una y otra vez y la llevaba al límite.

Marc, por su parte, parecía estar luchando por no perder el control. Ava sabía que estaba a punto de estallar, podía oírlo en su respiración y podía sentirlo por el modo en que se movía dentro de ella mientras el agua caía sobre sus cuerpos.

De pronto se vio inmersa en un cataclismo de sensaciones y su cuerpo vibró como las cuerdas de un violín manipulado por un maestro. Fue una sensación que continuó y continuó hasta partirla en mil pedazos y hacerla creer que ya nunca volvería a ser la misma.

Seguía sin aliento cuando Marc se preparó para llegar al éxtasis. Se hundió con más y más fuerza y sus gemidos fueron tan sexys que ella supo que rememoraría esa fantasía erótica en su cabeza durante el resto de su vida. Lo sintió estallar dentro de su cuerpo, que se vio sumido en una maravillosa sensación.

Ava se preguntó si se había dado cuenta de que no había utilizado preservativo, pero prefirió no mencionarlo. No quería estropear el momento. Nunca se había sentido tan cerca de él y eso que Marc aún no había mencionado nada sobre sus sentimientos por ella. No quería repetir los errores del pasado ni insistir en que él le hiciera promesas por mucho que las deseara.

Él la giró y la besó en la boca mientras le recorría el cuerpo con una caricia que fluía a la par que el agua que les caía encima.

Al cabo de un momento, cerró el grifo. No dijo nada; simplemente agarró una toalla y comenzó a secarla como si fuera una niña pequeña. Ava se dejó mimar y disfrutó de esa ternura que siguió a la impresionante pasión que habían compartido.

Se miraron a los ojos y ella intentó controlar sus emociones al no querer parecer desesperada ni agobiarlo.

—¿Qué planes tienes para hoy? He pensado ir al gimnasio y después leer información sobre el curso que quiero hacer.

Él agarró otra toalla y se secó antes de atársela a las caderas.

—Yo voy a revisar unos libros de cuentas —y mirándola fijamente añadió—: y tengo una boda que preparar. ¿Por qué no llamas a tu hermana y le das la noticia antes de que lo lea en los periódicos?

—Había pensado esperar hasta que nos llamara el doctor. No hay por qué apresurar las cosas.

—Estás decidida a hacerme suplicar, ¿verdad?

–No me pareces el tipo de hombre que suplica, Marc –le respondió mientras descolgaba un albornoz.

Él suspiró cuando la siguió hasta el dormitorio.

–¿Qué quieres de mí? Me he ofrecido a casarme contigo. Eso es lo que siempre has querido, ¿no?

–No quiero verme metida en un matrimonio en el que no hay amor. Ya he tenido uno de ésos, ¿lo recuerdas?

El teléfono sonó en ese mismo momento y Marc lo levantó con impaciencia.

–Marc Contini –y al instante añadió–: Es tu hermana.

Ava le quitó el teléfono y vio a Marc recoger algo de ropa antes de salir de la habitación.

–Serena... iba... iba a llamarte.

–No pasa nada. Sé que ahora todo debe de ser una locura. Marc estaba un poco serio, ¿va todo bien?

Ava contuvo las lágrimas.

–Supongo que has leído la noticia. Quiere que nos casemos.

–Eso está muy bien, ¿no? Quiero decir, aún lo quieres, ¿verdad?

Ava se mordió el labio y respiró hondo antes de responder.

–Ése es el problema. Lo quiero, pero él no me quiere a mí.

–¿Cómo lo sabes? ¿Te ha dicho lo contrario?

–No, es sólo que nuestra relación siempre ha sido... bueno, se ha basado en otras cosas –dijo intentando no pensar en lo que acababa de pasar en la ducha–. Sólo se ofrece a casarse conmigo porque... –se detuvo, no sabía cómo decirlo.

–¿Existe la posibilidad de que estés embarazada?

–No estoy segura... me he hecho un análisis y estoy esperando la llamada del doctor para que nos dé los resultados.

Hubo un pequeño silencio.

Ava podía imaginarse cómo debía de estar sintiéndose su hermana, podía imaginar la mezcla de alegría y envidia; la sensación de alegrarse por alguien a quien quieres y sentirte dolida por el hecho de que otros consigan algo que tú llevas queriendo mucho tiempo.

–Ava, me alegro muchísimo por ti –dijo Serena.

–¿En serio?

–Claro que sí, tonta –le aseguró–. ¿Es que creías que me molestaría o me pondría celosa?

–Bueno, se me había pasado por la cabeza...

–Ava, has hecho mucho por mí y ya es hora de que te sucediera algo bueno para variar –dijo su hermana, que esperó un momento antes de añadir–: Richard y yo hemos decidido tomarnos un descanso con el tratamiento de fecundación. Te agradecemos mucho toda tu ayuda económica, pero Richard se siente incómodo pidiéndote más dinero.

–Pero, cariño, no podéis dejar de intentarlo. Volverás a quedarte embarazada, estoy segura.

–Eso espero, pero ahora mismo creo que Richard tiene razón. Hemos pasado todo nuestro matrimonio centrándonos en mi embarazo, hemos estado bajo mucha presión, tanto emocional como económica. Queremos devolvértelo. Voy a conseguir un trabajo y en un par de años volveremos a intentarlo. No soy como las otras mujeres que tiene la edad en su contra.

–¿Estás segura? El dinero no es ningún problema. Marc me ha dado...

–No quiero que te sacrifiques por mí más. Me preocupa que no estés contándome la verdad sobre tu relación con Marc. Es la clase de cosa que me ocultarías, como hiciste con Douglas. Me hiciste creer que estabas contenta con el acuerdo y me lo creí. Pero ya no, Ava. Quiero que seas feliz de verdad. Nadie se merece eso más que tú.

Ava contuvo las lágrimas.

–No sé qué decir.

–¿Cómo está Marc ante la posibilidad de tener un bebé?

–Ha sido una época difícil para los dos. No era lo que nos esperábamos.

–¿Hay algo que pueda hacer? ¿Y si vienes a pasar una temporada con nosotros? Si estás embarazada, podríamos salir a comprar cosas de bebés. Sería divertido. Es justo lo que necesito para dejar de pensar en mis cosas.

Ava se mordió el labio. Tal vez una temporada con su hermana era una buena idea. No podía pensar teniendo a Marc a su alrededor y tentándola para que se casara con él por las razones equivocadas. Cuanto más tiempo pasaba con él, más difícil le resultaba decir «no».

–Suena muy bien...

–Seguro que Marc estará de acuerdo. Bueno, tienes que comprar el vestido de novia de todos modos y yo puedo ayudarte. Esta vez será mucho más divertido.

Ava no tenía el valor de decirle a su hermana que no podía soportar la idea de otra boda, así que se limitó a decirle que la llamaría en cuanto supiera algo del doctor.

Apenas había colgado el teléfono cuando volvió a sonar. Miró la pantalla y vio que era un número de la zona. Contestó y se le encogió el estómago al oír la voz del médico.

–Ava, los resultados de su prueba han dado negativos –dijo–. Pero sí que muestran una falta de hierro, de modo que le recetaré un suplemento que deberá tomar durante unas semanas y así, si tiene pensado quedarse embarazada, estará en un estado físico mucho mejor que la ayudará a que el embarazo llegue a término.

Ava colgó el teléfono. Se sentía decepcionada; hasta ese momento no se había dado cuenta de lo mucho que deseaba que la prueba diera positivo. Se puso la mano sobre el vientre y sintió ganas de llorar.

En ese momento la puerta se abrió y vio a Marc.

–¿Era el doctor?

–Sí –respondió conteniendo sus emociones.

–¿Y?

Lo miró preguntándose si sería capaz de disimular su alivio cuando se lo dijera.

–¿Ava? ¿Qué te ha dicho?

–Dice que tengo anemia y que tengo que tomarme un suplemento de hierro.

Se hizo un largo silencio.

–Entonces, ¿no estás embarazada?

–No.

–¿Podría ser un error? ¿Y si te han dado los resultados de otra persona? Eso pasa a veces. La gente tiene nombres y fechas de nacimientos similares, así que...

–Marc, no estoy embarazada, ¿de acuerdo? Así que puedes estar tranquilo. No hay bebé.

Él dejó escapar el suspiro que había estado conteniendo.

–¿Cómo te sientes?

–¿Tú qué crees?

–No lo sé. Creía que tu mayor deseo era tener un hijo.

–Pero no en unas circunstancias como éstas –se dio la vuelta y fue hacia la puerta.

–¿Adónde vas?

Ella se giró y le lanzó una mirada desafiante.

–A hacer las maletas.

–¿Las maletas para qué?

–Me voy con mi hermana. Necesito algo de tiempo, Marc. No puedes impedir que me vaya.

–¿No te olvidas de algo? –la miró con dureza.

Ava agarró el pomo de la puerta.

–No necesito tu dinero, Marc. Serena pasará un tiempo sin hacerse el tratamiento.

–¿Y qué pasa con las deudas de Cole?

–No me importan. Si quieres llevarme a los tribunales, adelante. Encontraré el modo de ocuparme. Sólo quiero algo de tiempo para pensar en mi vida, en lo que voy a hacer y adónde voy a ir.

Marc dejó las manos a ambos lados de sus caderas mientras luchaba por no acercarse y agarrarla. Sabía que tenía que tener cuidado, no podía forzarla a quedarse con él. Se le ocurrieron amenazas, amenazas terribles, pero prefirió no mencionarlas. No quería que lo odiara más todavía.

Había estado pensando y había llegado a la conclusión de que siempre le había hablado en el idioma del sexo y que tenía que apartarlo por el momento para ver si podían construir su relación basándose en algo distinto. Sería difícil, sería doloroso, le partiría en dos dejarla marchar, pero tenía que hacerlo para asegurarse de que si ella volvía era porque de verdad quería y no sólo porque no tuviera otra elección.

Se encontraba en territorio desconocido para él, nunca antes se había sentido tan vulnerable.

–Te doy un mes –le dijo sin dejar que su voz reflejara nada de lo que estaba sintiendo–. Pero eso es todo. Un mes y sólo nos comunicaremos por teléfono o correo electrónico; de ese modo no podrás acusarme de haber intentado coaccionarte.

–Un mes... Es... está bien. ¿Y después?

–Después, si no quieres seguir con la relación, serás libre. No te forzaré a casarte conmigo y no tendrás que volver a verme ni saber nada de mí.

Capítulo 10

AVA, ES la tercera mañana seguida que vomitas. ¿Están sentándote mal esas pastillas de hierro que tomas?

Ava se secó la cara con la toalla que le había dado su hermana.

–Me encuentro fatal –se agarró al lavabo cuando tuvo otra náusea.

–Si no fuera porque hace un mes que no estás cerca de Marc, juraría que estás embarazada. Tal vez deberías hacerte otra prueba. A lo mejor el análisis se equivocó.

–Se supone que los análisis de sangre son más fiables que cualquier otra prueba –respondió mientras se secaba la cara.

¿Cómo podía ponerse mala el mismo día que iba a encontrarse con Marc? Había querido tener el mejor aspecto posible. Lo había echado tanto de menos que había estado contando las horas hasta el día en que pudiera volver a verlo. Él la había llamado un par de veces a la semana, pero a ella le había costado hablar. Marc parecía distante, como si ya estuviera continuando con su vida sin ella.

Había leído todos los periódicos y revistas de cotilleo, pero no había noticias sobre que él estuviera saliendo con alguien más. Eso la reconfortó algo, pero no mucho. Tal vez Marc estaba esperando a que acabara ese mes para volver a su vida de mujeriego.

–Sé que es una pregunta personal, pero ¿tuvisteis relaciones sin protección después de que te hicieran el análisis? –le preguntó Serena.

Ava miró a su hermana, reflejada en el espejo. Tragó saliva y, como arrastrada por un imán, desvió la mirada hasta la ducha. No se parecía nada a la lujosa ducha de la villa de Montecarlo, pero cada vez que había entrado en ella había pensado en Marc y en aquel momento de pasión.

–¿Ava?

Reaccionó y se centró en la pregunta de su hermana.

–¿Te queda alguna prueba de embarazo?

Serena abrió un armario.

–Elige, tengo ocho marcas diferentes.

Ava se quedó con el primero que encontró su mano.

–Seguro que da negativo. Estoy tomando la píldora, ¡por el amor de Dios!

–Sí, pero una dosis muy baja –le recordó Serena–, y no es cien por cien fiable.

–Dame un minuto.

Serena sonrió, le dio un beso y cerró la puerta del baño.

Ava abrió la puerta unos minutos después.

–No vas a creértelo... –dijo con el palito en la mano.

Serena dio un grito y empezó a saltar emocionada.

–¡Oh, Dios mío!

Ava se mordió el labio, no sabía si reír o llorar.

–Esta noche he quedado con Marc para cenar. Hoy

es la gran noche, se supone que tengo que darle una respuesta.

–Cielo, no necesitabas una prueba de embarazo para confirmar que vas a volver con él. He sabido cuál sería tu decisión desde que entraste por la puerta hace un mes. Richard también lo vio.

–¿Tan obvio era?

Serena sonrió.

–Igual que en las películas. No me explico que Marc tampoco lo viera.

Ava suspiró al posar la mano sobre su vientre.

–Lo echo mucho de menos. No puedo creer que pasara cinco años sin verlo. ¿Cómo demonios sobreviví a eso?

Serena la abrazó con fuerza.

–Ojalá estos últimos cinco años no hubieran existido. Siempre me sentiré culpable por ello. Renunciaste a mucho por mí y jamás podré devolvértelo.

Durante las cuatro semanas que había pasado en Londres había notado una diferencia en su hermana y a veces era ella la que se había sentido la hermana pequeña. Serena se había vuelto muy protectora con ella.

–No me debes nada. Además, ya es hora de dejar eso en el pasado y de seguir adelante. El pasado les pertenece a otros, el presente me pertenece a mí.

El hotel en el que habían quedado era el mismo en el que se conocieron. Ava se preguntaba si Marc lo había elegido deliberadamente o si había sido una mera coincidencia, o tal vez una cuestión de comodidad; sabía que él se hospedaba en ese hotel muchas veces ya que estaba muy cerca de su oficina y en ese mismo bar lo habían fotografiado acompañado de distintas mujeres durante los últimos años.

Respiró hondo y entró en el bar mientras lo buscaba entre los clientes. El pianista estaba interpretando una romántica melodía, una que la hizo retroceder en el tiempo. Pero todo había cambiado y en esa ocasión no había una indolente figura masculina apoyada en la barra y mirándola con unos misteriosos ojos oscuros.

«No ha venido», pensó asustada. Se le había olvidado... o había decidido que no quería estar con ella. Había encontrado otra persona, una nueva amante elegante y glamurosa que no quería ni hijos ni un compromiso.

Miró su reloj. Ella había llegado tarde. ¿Era ésa la venganza de Marc? ¿Dejarla allí colgada tal y como ella le había hecho todo ese tiempo atrás?

De pronto su miedo pasó a desesperación y sintió ganas de llorar.

–Ava.

Se giró ante el sonido de esa profunda e inconfundible voz.

–Marc... Creía... creía... –tragó saliva y se quedó mirándolo.

Marc le agarró las manos.

–Siento llegar tarde. Me ha entretenido una llamada –la besó en las mejillas–. Estás preciosa.

Ella sonrió nerviosa.

–Bueno... ¿cómo estás?

Él intentó devolverle la sonrisa, pero resultó forzada. Estaba nervioso, como si fuera su primera cita.

–Estoy bien, ¿y tú?

–Eh... bien... bien... muy bien –desvió la mirada.

Marc sintió una presión alrededor del corazón. Estaba perdiéndola. Ella apenas podía mirarlo.

–Bueno... ¿ya te has recuperado de la anemia?

–Eh... no –le respondió sonrojándose.

Un silencio se formó a su alrededor.

–¿Te apetece tomar algo? –le preguntó él deseando que el lugar no estuviera demasiado abarrotada, deseando haber quedado en un lugar más privado. Pero había esperado poder recrear aquel momento en que se vieron por primera vez en un patético intento de reescribir el pasado. Sin embargo, era imposible.

–¿Podríamos ir a un sitio más privado? –propuso ella mirándolo a la cara.

–Claro.

Marc sacó la llave de su habitación esperando que Ava no notara lo mucho que le temblaba la mano.

–Tengo una suite permanente aquí, así que podemos subir.

Intentó calmarse, pero era difícil estando tan cerca de ella, oliendo su perfume, esa atrayente fragancia a flores de verano que lo había perseguido durante el último mes y los últimos cinco años.

El último mes se le había hecho insoportable y le había hecho darse cuenta de lo mucho que la necesitaba. Había restringido el contacto que tenía con ella a dos llamadas a la semana para evitar suplicarle que volviera con él una y otra vez. La espantosa idea de no volver a verla... o peor aún... de verla con otro hombre lo había consumido casi hasta hacerlo enloquecer. Apenas había dormido, apenas había podido trabajar. Y por si eso fuera poco, también había estado la decepción del embarazo. Aún intentaba superar ese golpe. ¿Cómo habían cambiado sus sentimientos con tanta rapidez? Ahora sólo podía pensar en un bebé moreno igualito a él o en una rubia niña adorable que era la viva imagen de su madre. Volvió a mirar a Ava y el corazón se le encogió al verla ahí, tan nerviosa, mordiéndose el labio como si no pudiera esperar más a que todo terminara.

Las puertas del ascensor se abrieron y Marc la llevó hasta el ático.

–¿Puedo ofrecerte algo de beber? –le preguntó una vez dentro.

–Marc, tengo que contarte algo...

–No. Déjame a mí primero. Por favor, necesito decirte esto. Llevo todo el mes ensayándolo.

–Es... Está bien.

Se acercó y le agarró las manos.

–Primero, tengo que decirte algo que creo que te disgustará.

–Sigue...

–Tu hermana no cometió ningún error con los libros de cuentas. Todo lo tramó Cole respaldado por Hugh Watterson. Cole quería el contrato con Dubai y tramó un plan para asegurarse de que lo conseguía. Sabía lo de nuestra relación porque lo había leído en los periódicos. Serena estaba en su plantilla, así que era una oportunidad demasiado buena como para echarla a perder. Cuando rompiste nuestra relación, él encontró el momento de actuar. Al chantajearte para que te casaras con él se ganó la confianza del cliente; estaba demostrándole que tenía dinero que gastarse con una chica joven y bella que lo había elegido a él y no a mí. Yo pasé a no significar nada para el cliente, no tenía el mismo valor.

Ava cerró los ojos mientras asimilaba la información. Cuando volvió a abrirlos, lo miró.

–Así que... ¿nunca hubo necesidad de casarme con él? –preguntó con un susurro.

–Lo siento. Sé que ahora no servirá de nada después de todo lo que has pasado, pero lamento mucho no haber ido a buscarte cuando te marchaste. Jamás me perdonaré por ello. Te di la espalda de un modo imperdonable.

–No puedo creerlo –dijo al apartarse de él para comenzar a caminar de un lado a otro de la habitación–. ¿Cómo puede la gente ser tan cruel? Nunca me lo dijo. Podría habérmelo dicho antes de morir. Debería habérmelo dicho. Serena tenía derecho a saberlo. Por el amor de Dios, ¡yo tenía derecho a saberlo!

–Tal vez le daba miedo decírtelo por si lo dejabas morir solo, que era lo que se merecía.

–Nos tendió una trampa y logró que me odiaras –se le saltaron las lágrimas–. Eso fue lo peor. Saber que me odiabas tanto.

–No te odio, Ava –dijo él con un nudo en la garganta.

–¿No?

–¿Por qué crees que volví a buscarte y te forcé a tener una relación conmigo?

–Creía que querías vengarte...

Se acercó a ella y la abrazó.

–Eso pensaba yo también. Me convencí de que quería hacerte pagar por lo que me habías hecho, pero si miro atrás me doy cuenta de que lo que de verdad estaba haciendo era darme otra oportunidad para empezar contigo de cero. Quería que te enamoraras de mí como yo me había enamorado de ti cinco años atrás.

Ava no se creía lo que estaba oyendo.

–¿Estabas enamorado de mí? ¿Todo el tiempo has estado enamorado de mí?

–Sé que parece una locura, pero no me di cuenta de

lo mucho que te quería hasta que pensé que iba a perderte por segunda vez. Vamos, dilo. Dime que es demasiado tarde, que estás bien y que ya no sientes nada por mí. Puedo aceptarlo. He estado preparándome para ello las últimas cuatro semanas. Es lo que me merezco.

Ava sonrió.

–¿Crees que voy a decirte eso?

–Puedo soportarlo, Ava –dijo él intentando mostrarse indiferente–. No tienes que andarte con paños calientes. Yo nunca te he tratado bien ni he tenido en cuenta tus sentimientos.

–Te quiero, Marc –le dijo intentando no llorar–. Nunca he dejado de quererte... Bueno, a lo mejor sí, durante una semana o dos...

Él la abrazó con fuerza.

–¿Lo dices de verdad? No voy a hacerte pagar las deudas de Cole, si eso es lo que te preocupa. Era una excusa para mantenerte a mi lado.

–Oh, Marc –dijo ella abrazándolo con fuerza–. ¿Por qué hemos malgastado tanto tiempo valioso?

Él hundió la cabeza en su cabello.

–No perdamos un minuto más. Casémonos lo antes posible y después podremos intentar tener un bebé. Fue una gran decepción que el resultado fuera negativo. Allá donde miraba veía parejas jóvenes con niños y de pronto deseé vivir lo mismo que estaban viviendo ellos. ¿Qué dices? ¿Estás preparada para tener un hijo conmigo?

Ava sintió su corazón hincharse de felicidad.

–¿Quieres un bebé?

–Piensa en ello, Ava, un bebé que se parezca a los dos. Una personita que crecerá con mucho amor y que

tendrá una vida maravillosa. No cometeremos los errores que cometieron nuestros padres. Me aseguraré de
ello.

–Oh, Marc –dijo ella casi incapaz de hablar–. Pues
tengo una gran noticia para ti. No vas a creerlo, yo tampoco me lo creo...

–Ponme a prueba.

–¿Recuerdas la ducha?

–¿Cómo iba a olvidarla? La he revivido en mi cabeza
todos los días durante el último mes.

–Bueno, pues hiciste algo más que compartir una
ducha conmigo. Me dejaste un recuerdo.

Los ojos se le iluminaron.

–¿Lo dices en serio? ¿Estás embarazada? ¿De verdad?

Ella sonrió.

–¿Estás contento?

Marc le sonrió.

–Sí, mucho. Supongo que entonces no vas a decir
que no te casarás conmigo...

Ava lo abrazó.

–Ni se me ocurriría –dijo y cerró los ojos con ab-
soluta felicidad cuando él la besó.

Ella es demasiado inocente para aquel griego implacable...

Lysandros Demetriou es un magnate de la industria naval, pero también es el soltero más codiciado de Grecia. Las mujeres más hermosas compiten por su atención, pero para un hombre frío e implacable como él ellas no son más que meros objetos prescindibles.

Sin embargo, un buen día Petra Radnor irrumpe en su vida. Su belleza le resulta irresistible al joven griego. Ella es capaz de despertar algo que ha estado escondido durante muchos, muchos años. Lysandros no logra apagar la llama de la pasión y debe decidir si su deseo por Petra es un simple capricho o una obsesión para toda la vida...

Obsesión implacable

Lucy Gordon

¡YA EN TU PUNTO DE VENTA!

Acepte 2 de nuestras mejores novelas de amor GRATIS

¡Y reciba un regalo sorpresa!

Oferta especial de tiempo limitado

Rellene el cupón y envíelo a
Harlequin Reader Service®
3010 Walden Ave.
P.O. Box 1867
Buffalo, N.Y. 14240-1867

¡Sí! Por favor, envíenme 2 novelas de amor de Harlequin (1 Bianca® y 1 Deseo®) gratis, más el regalo sorpresa. Luego remítanme 4 novelas nuevas todos los meses, las cuales recibiré mucho antes de que aparezcan en librerías, y factúrenme al bajo precio de $3,24 cada una, más $0,25 por envío e impuesto de ventas, si corresponde*. Este es el precio total, y es un ahorro de casi el 20% sobre el precio de portada. !Una oferta excelente! Entiendo que el hecho de aceptar estos libros y el regalo no me obliga en forma alguna a la compra de libros adicionales. Y también que puedo devolver cualquier envío y cancelar en cualquier momento. Aún si decido no comprar ningún otro libro de Harlequin, los 2 libros gratis y el regalo sorpresa son míos para siempre.

416 LBN DU7N

Nombre y apellido	(Por favor, letra de molde)

Dirección	Apartamento No.

Ciudad	Estado	Zona postal

Esta oferta se limita a un pedido por hogar y no está disponible para los subscriptores actuales de Deseo® y Bianca®.
*Los términos y precios quedan sujetos a cambios sin aviso previo.
Impuestos de ventas aplican en N.Y.

SPN-03   ©2003 Harlequin Enterprises Limited

Hija secreta

MAXINE SULLIVAN

Dominic Roth le había hecho a su difunto hermano un gran favor y ahora
tenía que pagar el precio. El magnate
no podía contarle a nadie que la hija
de Cassandra Roth era en realidad
hija suya; para todos, Nicole era su so-
brina. Pero cuando se presentó la oportunidad de reclamar tanto a la madre
como a la niña, Dominic no la dejó escapar.

Sin embargo, a pesar de haber conseguido a la mujer a la que secretamen-
te había deseado siempre, sabía que
no podía revelar la verdadera paternidad de la niña. Porque el millonario
papá no se atrevía a perder aquella
tenue posibilidad de ser feliz.

Paternidad confidencial

¡YA EN TU PUNTO DE VENTA!

Aquél era el paraíso… de la seducción

Rachel Claiborne es una belleza, pero está cansada de que la juzguen por su aspecto físico, y nunca ha dejado que se le acerque ningún hombre. Por el momento, está centrada en encontrar a su madre, que ha abandonado a su familia para marcharse a la paradisiaca isla de San Antonio.

Rachel no tarda en caer bajo el hechizo de la isla, personalizado en el irresistible Matt Brody. Por primera vez en su vida, quiere entregarse a un hombre, pero no puede dejarse llevar… porque es evidente que Matt sabe algo acerca de su madre desaparecida…

Relación prohibida

Anne Mather

¡YA EN TU PUNTO DE VENTA!